D1722034

editfor atelier

Ilir Ferra

RAUCHSCHATTEN

Roman

edition atelier

© Edition Atelier, Wien 2010
www.editionatelier.at
Lektorat: David Axmann
Cover und Satz: Julia Kaldori
Druck: Prime Rate, Budapest
ISBN 9783902498359

Mit freundlicher Unterstützung des Bundesministeriums für Unterricht,
Kunst und Kultur.

PROLOG

Die Plattform ist ein gähnendes Nichts ohne Boden. Und wenn doch einer da ist, dann ist er nicht wirklich. Dem, das hier ist, heißt es, sei nicht zu trauen. Es täusche, heißt es. Genau hier bin ich. Blicke um mich. Unter mir schattenhafte Umrisse einer Bühne, bedeckt von Gras. Die Bühne für Darstellung von Schicksalen, verpackt in Spiel, alles überwuchert von Leben, in dem sich Schicksal, Spiel und Darstellung vermengen.

Zeitverschwendung, hier auf Echos zu warten. Aber Geld ist doch wirklich. Und das findet sich auch hier. Richtiges Geld. In dem Schutt der Bühne lassen sich tatsächlich alte Münzen finden, die gegen Eis oder Brausepulver eingetauscht werden. Funde, die sporadisch bleiben. Überhaupt stößt man nur zufällig darauf. Ohne zu graben. Ohne zu suchen. Als wären es Erzeugnisse der Erde und als würde es ausreichen, auf der Bühne herumzuliegen, lange genug in dieser Gegend unterwegs zu sein oder auf der Straße zu spielen, um an Münzen zu kommen.

Denn die Münzen finden immer die, die sich weigern, sich zu Mittag hinzulegen. Die sich vor ihren Eltern verstecken. Jene Kinder, die Hausarrest und Schläge in Kauf nehmen und sich zum Amphitheater begeben, um den ganzen Mittag, umgeben von verstümmelten Steinen, im Gras zu liegen. Sie tauchen in den zirpenden Schatten, der kühl ist und wo festgelegt wird, was Stille ist. Es scheint, so könnte man meinen, dass die Münzen die Belohnung für das Herumlungern sind oder ein Ausgleich, für was auch immer. Jedenfalls ein Etwas, das den Kindern in geordneten Verhältnissen verwehrt bleibt. Denn die werden jeden Mittag nach Hause geholt, ins Bett gesteckt, um keinen Sonnenstich zu bekommen, um nicht zu ausgeglühten Holzscheiten zu werden, wie das mit allem geschieht, das in der Hitze des

Mittags auf der Straße ist, während im blassgrauen Hintergrund die kühnen Abenteurer bergauf schreiten, von der Küste zu den Stadtmauern, die das Amphitheater beschatten, eine Idylle, die trügt, wie es heißt. Eine Grube, gefüllt mit Echos, die rufen, auf die niemand lauert außer jenen Kindern, die auf den Mittagsschlaf verzichten.

Der Mittagsschlaf ist nämlich wichtig. Für die Straßen ist er die Pause zwischen zwei Atemzügen. Die Blendung in dem Moment, in dem die Sonne angeschaut wird. Ein Versteck vor dringenden Entscheidungen. Die beste Möglichkeit, Zeit zu schinden. Ein Riss wie der Mund der Nacht mitten im grellen Gesicht des Tages. Ein Aussetzer, der, von außen betrachtet, die Stadt in eine verwüstete Landschaft verschwenderischen Lichts verwandelt.

I

1

Vater steht auf dem Platz vor dem Hotel »Wolga«. Vor der großen Einfahrt zum Hafen, umringt von einer Zitadelle und dem Denkmal eines Mannes mit einem Gewehr in der Hand, vergräbt er seine Hände in den Taschen und sieht sich um. Der ausgestreckte Arm des aufgebrachten Helden über seinen Schultern deutet hinweg über den Gastgarten des Hotels, der auf der anderen Straßenseite liegt, auf das Meer und die verschwommenen Konturen der Schiffe, die darauf warten, in den Hafen einzulaufen. Der Garten mit seinen leichten Klapptischen und Stühlen aus blauem und rotem Kunststoff und Metallgestellen verschwindet unter einer dichten Laubdecke. In ähnlicher Weise wie die Musiker, die jeden Abend dort spielen und sich lässig den Verboten des Regimes entziehen, um sich mit ihren glatten Rhythmen und Melodien an die Schlager jenseits der Adria und Standards des fernen Jazz anzulehnen, trotzt der Garten der sengenden Hitze, die jetzt die Straßen der Stadt in ihren Fängen hält.

Vater wirft einen schnellen Blick über die Steine entlang der bemoosten Hafenmauer bis hin zu der Bronzemasse, die vor der Hafeneinfahrt emporragt und Enver Hoxha darstellt. Die riesige Statue überwacht mit erhabenem Blick den Platz. Keine Bewegung und kein Detail entgeht ihr, so dass auch Vater sich ertappt fühlt. Es ist bereits zwei Uhr. Später August. Flirrende Luft. Die Sonne sticht ein Loch in den fahlen blauen Tag und trifft Vater mit voller Wucht im Nacken. Kinder eilen in Richtung Meer. Von ihrem Gekreische verfolgt, tritt Vater durch die Drehtür in die Rezeption und nimmt deren Schwung mit.

Bitte?, fragt eine Frau, die aus dem dunklen Hintergrund herbeistürmt.

Sie, beginnt er zögernd. Sie haben mit meinem Freund Nikola Nushi über ein Zimmer gesprochen, sagt er nun schnell und leise und legt die rechte Hand auf die Theke.

Nikola ist für ihn eine Carte blanche. Er ist der Sohn des Ministerpräsidenten, des engsten Vertrauten und rechten Arms von Enver Hoxha. Die beiden Staatsmänner scheinen unzertrennlich zu sein. Bei allen Reisen, die der Parteiführer unternimmt, bei all seinen Reden und bei allen aufwendigen Paraden am Ersten Mai ist an Envers Seite Nikolas Vater zu sehen. Diese innige Zweisamkeit findet allerdings ein Ende bei den hohen Bronzebüsten Envers, die überall im Land aufragen, bei den Propagandalosungen, die, mit Kalksteinen an Berghänge geschrieben, sich auf den einen und einzigen Herrscher berufen, und an den Wänden der Amtsstuben, die mit Fotos vom lächelnden weißhaarigen Sohn des Volkes geschmückt sind. Und mancherorts trotzen noch Envers Brustbilder als junger Mann in Offiziersuniform der Zeit.

Sie sind?, fragt die Frau.

Ich heiße Lundrim, entgegnet Vater rasch.

Sie nickt, öffnet eine knarrende Lade unter der Theke, kramt darin herum, Schlüssel klimpern. Sie richtet sich schnaufend auf, wirft ihr Haar zurück und macht Lundrim ein Zeichen, ihr hinauf zu den Zimmern zu folgen.

Ich gehe mit aufs Zimmer, sehen wir nach, ob der Schlüssel steckt, sagt die Frau und tritt hinter der Theke hervor. Im Hintergrund bewegt sich eine Männergestalt, um sie vorbeizulassen. Das Gesicht des Mannes wird von einem Lichtstrahl getroffen, nicht länger als einen Augenblick. Er ist einer der Jungen aus dem Viertel.

Kann sein, dass er mich kennt, denkt Lundrim.

Oder er kennt vielleicht meine Frau. Sicherlich aber ihre Eltern, denkt er weiter, während er der Frau auf die Treppe folgt.

Sie trägt ein Sommerkleid, hat leicht gelocktes, dunkelbraunes Haar, das bis zu den fülligen Schultern hinabfällt, und schreitet durch den unbeleuchteten Korridor, um am Ende des Ganges stehen zu bleiben und die letzte Tür aufzustoßen.

Wie lange?, fragt sie.

Wie?, stammelt Lundrim.

Bis zum Abend?, fragt die Frau.

Auf keinen Fall länger als bis zum Abend, erwidert er.

Ich wollte dir den Schlüssel nicht vor ihm geben. Man weiß ja nie, erklärt sie, während sie Lundrim den Schlüssel reicht. Ihre Finger berühren seine Hand.

Er betritt das Zimmer und versucht, sie mit hineinzuziehen. Doch sie schlüpft geschickt hinaus und schließt die Tür hinter sich. Er setzt sich auf das schmale, niedrige Bett und blickt um sich. Eine Waschgelegenheit neben dicken Fenstervorhängen, Tisch, Sessel und ein Schrank. Nichts Besonderes, doch passend für seine Verabredung mit Jeta.

2

Schon seit Stunden liegt Erlind seinem Vater Lundrim in den Ohren. Er möchte mit dem alten Kutter, der als Ausflugsschiff verwendet wird, eine Ausfahrt machen. Schließlich macht sich Lundrim auf den Weg zur Seebrücke und zu dem schmalen Kai, wo das Schiff anlegt, um sich nach dem Fahrpreis zu erkundigen. Da entdeckt er unter den Wartenden einige Frauen, für deren Anblick sich jeder Preis lohnen würde. Vor allem angesichts der Vorstellung, sie später auf dem Meer, auf der engen Fläche des Decks gleichsam gefangen zu wissen. In ihrer nur von winzigen Bikinis unterbrochenen Nacktheit wirken die gebräunten Frauenkörper auf den Vater ebenso einladend wie das große blaue Meer auf den Jungen.

Willst du das wirklich?, fragt er Erlind noch einmal, während sein Blick gemächlich über Hüften, Arme, Venushügel und Pobackenhälften streicht.

Wirklich, stammelt der Junge.

Dann gibt es aber weder Eis noch Limonade, setzt der Vater hinzu.

Erlind willigt mit leuchtenden Augen ein.

Lundrim legt eine Hand auf Erlinds Schulter und führt ihn durch die drängende Menge, die nach den besten Plätzen Ausschau hält, an Deck.

Lass uns vor zum Bug gehen, empfiehlt der Vater.

In nur wenigen Minuten ist das Schiff mit Ausflüglern aus Tirana überfüllt, die mit ihrem gepflegtem Albanisch Erlind an die Nachrichtensprecher im Fernsehen erinnern. Er lässt diese Assoziation aber rasch unter der brausenden Bugwelle versinken, er möchte nun auch die Stimme seines Vaters nicht mehr hören. Der ist auch bald verschwunden und macht einen kleinen Rundgang, bei dem er Jeta entdeckt. Sie erwidert schüchtern seinen forschenden Blick, und um ihre Lippen formt sich so etwas wie ein Lächeln, während er unter dem Sonnensegel an ihr vorbeigeht. Sie stützt sich mit den Ellbogen auf die Reling und betrachtet die weiße Gischt, die hinter dem Heck aufstäubt. Lundrim macht einige Schritte, um schließlich, von etwas in seinem Innern gebremst, stehen zu bleiben. Er lehnt sich an die Eisenwand der Brücke. Das Schiff wird von den Wellen sanft geschaukelt. Der Strand entfernt sich hinter dem glitzernden Blau. Die Menschen dort haben sich aufgelöst, nur die Schirme sind als winzige Punkte auf dem gelben Sand noch sichtbar, eine bunte Ameisenkolonie vor dem hellblauen Hotel »Adriatik«, seinerseits kaum größer als eine Streichholzschachtel. Dort am Strand liegen auch seine Frau Ellen und seine Tochter. Sie können ihn aber natürlich nicht sehen.

Entschuldigung, sagt Lundrim und tritt langsam an die Unbekannte heran. Ich kenne Ihr Gesicht.

Ja?, erwidert sie etwas verwirrt.

Ich meine das wirklich, beteuert er. Es ist …

Sie sieht ihn ernst an. Sie wirft ihren Kopf in den Nacken. Sein Blick fällt auf ihren Bauch und ihre nackten Beine. So nahe wirken sie nicht mehr so einladend und doch viel aufregender. Er kann keinen Satz mehr zu Ende denken.

Ich bin Dolmetscherin für Deutsch, sagt sie.

Er mustert sie stumm.

Sie arbeiten doch in der Fernsehfabrik, nicht wahr?, fährt sie fort.

Ja!, ruft Lundrim nun aus. Sie haben die Gruppe aus Deutschland gedolmetscht …

Genau, antwortet sie. Da habe ich gedolmetscht.

Genau, wiederholt er fröhlich, und die Röte, die ihr plötzlich ins Gesicht schießt, beruhigt ihn.

Schön, sagt sie. Aber ich bin nicht allein hier.

Lundrim verneigt sich leicht, lächelt verlegen und entfernt sich in Richtung Heck. Wieder allein, lehnt er sich an die Rückwand der Brücke und atmet tief Meeresluft ein. Sie ist vom Dampf verbrannten Schweröls durchsetzt, riecht süßlich betäubend und mischt sich mit dem Geruch des aufschäumenden Kielwassers. Unter sich spürt er die Zylinder des Schiffmotors pochen. Er legt eine Hand auf seine Stirn, lächelt etwas benommen, wankt erneut auf die Steuerbordseite Schiffes und bleibt dort stehen. Genauso wie sie auf der anderen Seite, denkt er.

Nach wenigen Minuten erscheint Jeta wieder und lehnt sich neben Lundrim an die Reling.

Jetzt geht es wieder, sagt sie.

Natürlich kenne sie ihn. Sie sei vor ihm sogar gewarnt worden. Lundrim schaut sie verwundert an und hebt die Schultern.

Nichts Schlimmes, erklärt sie. Man habe sie vor seiner Einstellung zur Arbeit gewarnt. Der albanische Leiter der Delegation, der Kaderchef der Fabrik, habe ihr gesagt, dass Lundrim in seiner Abteilung gleitende Arbeitszeiten eingeführt hätte.

Und Sie erlauben also den Mitarbeitern tatsächlich, nach Hause zu gehen, wenn sie ihre Arbeit erledigt haben?, fragt sie.

Ja, erwidert Lundrim, wenn die Arbeit fertig ist! Jeder freut sich, wenn er auch nur zehn Minuten früher den Arbeitsplatz verlassen kann.

Ich finde das auch richtig, meint Jeta. Verstehen Sie mich nicht falsch, nur der Kaderchef schien etwas dagegen zu haben. Doch ich selber finde das ziemlich vernünftig. Und nach einer kleinen Pause sagt sie: Ist es nicht schade, bei diesem Wetter über solche Sachen zu reden? Außerdem hätten sie ja nicht so viel Zeit.

Lundrim hat sich Jeta inzwischen genähert, sodass ihre Oberarme ganz nah aneinanderliegen und ihre Schultern einander sanft berühren. Ihr Blick ruht auf der glänzenden Meeresfläche. Lundrim verfällt im Augenblick der Annnäherung in einen leichten Rauschzustand. Seine Aufregung wandelt sich in Neugierde. Seine Finger streichen zart über Jetas Arm. Sie rückt ein wenig nach rechts, er nach links. Nach kurzem Schweigen nehmen sie ihre frühere Position ein, und ihre Schultern berühren einander erneut. Sie richtet sich auf und blickt ihm ernst in die Augen.

Das ist ein Arbeitskollege, sagt Jeta zu jemandem, der hinter Lundrim getreten ist, welcher sich überrascht umdreht. Ein Mann in einer viel zu großen, dunkelblauen, offenbar selbst genähten Badehose reicht ihm die Hand. Es ist Jetas Bruder. Lundrim zögert, die ihm entgegengestreckte Hand zu drücken, ergreift sie dann doch und blickt mit falschem Lächeln in die tiefschwarzen, funkelnden Augen des Bruders und anschließend noch einmal auf Jetas wie angewurzelt wirkende Beine.

Er ist Abteilungsleiter, sagt sie und stockt, als ihr Bruder Lundrim feindselig anstarrt.

Tja, meint Lundrim, ich werde wieder nach meinem Sohn sehen. Er steht ganz allein am Bug. Sehr erfreut, flüstert er schnell dem Bruder zu, während er zwischen der Reling und den sehnigen Schultern des Mannes durchschlüpft. Auf dem Weg zu Erlind beschleicht ihn, als wäre er knapp einer Verfolgung entkommen, unbändige Freude. Vergebens wehrt er sich gegen die Erinnerung an Jetas Gesicht, in dem er plötzlich eine Ähnlichkeit mit dem seiner Frau entdeckt, wenn sie ihm Glauben schenkt, wohl wissend, dass er übertreibt, lügt oder etwas im Schilde führt. Der Mund der Halbfremden hat sich ihm bereits eingeprägt. Er trägt dessen Abbild mit sich, und während er sich zwischen den Passagieren seinen Weg bahnt, lächelt er beinahe unkontrolliert vor sich hin.

Am folgenden Morgen, es ist ein Montag, eilt der Portier quer durch das Fabrikgelände in Lundrims Abteilung, um diesem ziemlich atemlos mitzuteilen, dass der Kaderleiter eine Sondersitzung einberufen habe und dringend nach ihm verlange.

Sondersitzung, wiederholt Lundrim, der unter der Nachwirkung seiner gestrigen Begegnung mit Jeta alles immer noch wie durch einen Filter wahrnimmt.

Ja, ja, sagt der Portier und streckt die Hand aus, als wäre Lundrim ein Fremder, der den Weg zum Tagungssaal nicht kennt.

Verwirrt folgt Lundrim den hastigen Schritten des Portiers. Er starrt auf den Asphalt, vermutet ein Missverständnis und fragt den Portier, ob dieser sicher sei, dass er gemeint ist.

Der Mann nickt heftig, versucht ruhiger zu atmen, packt Lundrim am Ärmel und zerrt ihn weiter. Der ist beinahe dankbar, seine schlotternden Knie nicht steuern zu müssen.

Die Abteilung, die Lundrim leitet, ist in einem Gebäude im hinteren Teil der Fabrik untergebracht, während sich der Tagungssaal am anderen Ende des Geländes in einem Gebäude gleich neben der Einfahrt, die von Palmen und Blumen flankiert wird, befindet. Genau hier bleibt der Portier stehen und wirft einen kurzen Blick auf Lundrim. Dieser erwidert den Blick und findet plötzlich, dass der Mann geschrumpft ist.

Jetzt kannst du nichts mehr machen, scheint der Portier zu denken, sagt aber zu Lundrim: Geh schon hinein, dann erfährst du wenigstens, was sie von dir wollen. Trau dich nur, etwas anderes bleibt dir ja ohnehin nicht übrig. Dann klopft er Lundrim aufmunternd auf die Schulter, ehe dieser das Gebäude betritt

Auf dem Weg zum Saal fragt sich Lundrim, was sie von ihm wollen können, immerhin sei doch seine Abteilung eine der wenigen, die alle Vorgaben des Produktionsplans pünktlich erfüllt. Als er die Tür zum Tagungssaal öffnet, fühlt er mehr, als er sehen kann, wie sämtliche Arbeiter auf ihren Stühlen und die Funktionäre an dem langen Tisch am Podium sich ihm zuwenden. Der Kaderleiter starrt ihn an. Unter diesem bohrenden Blick fühlt sich Lundrim plötzlich so, als hätte man ihm eine Frage gestellt, die er nicht verstanden hat. Er weicht dem Blick aus und sucht zwischen den im Saal Anwesenden den Fabrikdirektor, einen dünnen Mann, der immer einen auffallend gut geschnittenen, dunkelgrünen Kittel trägt, mit hochgekämmtem Haar und fast schwarzen Lippen von den filterlosen Zigaretten, die er raucht. Normalerweise ist es die Stimme des Direktors, die den Tiraden des Kaderleiters Einhalt gebietet, indem sie neutralisiert, bei Fehltritten vorsichtig die politischen Absichten hinterfragt und schließlich eine milde Strafe verhängt, die, wie er betont, nur durch die »grenzenlose Milde der Partei« zu erklären ist. Dem weiß der Kaderleiter in den meisten Fällen nichts entgegenzusetzen.

Doch überrascht entdeckt Lundrim jetzt, dass auch der Direktor auf dem Podium sitzt, sogar zur Linken des Kaderleiters, und mit einem Gesichtsausdruck, der Lundrim noch mehr beunruhigt. Was haben sie nur?, fragt er sich und bleibt mit gesenktem Haupt bei der Eingangstür stehen.

Genosse, beginnt der Kaderleiter in einem erhabenen und zugleich beschwörenden Tonfall. Was höre ich da von der Belegschaft?

Lundrim zuckt mit den Schultern.

Ich spreche hier über die Neuerungen, die du hinsichtlich der Einteilung der Arbeitszeit eingeführt hast, ohne sie vorher mit mir oder irgendeinem anderen Parteimitglied zu besprechen.

An sich müsste Lundrim jetzt nur dies tun: Nach einer Lobrede auf die Partei und die strahlende Gestalt ihres Führers Enver, die für ihn eine ständige Quelle der Inspiration seien, die Neuerung als einen leichtsinnigen Fehler bezeichnen, ehrliche Selbstkritik üben und dann einige Drohungen des Kaderleiters, verpackt in zweideutige Äußerungen, reumütig über sich ergehen lassen. Und wenn er Glück hat, ist die Sache, nicht zuletzt dank der Hilfe seines Freundes Nikola, für immer erledigt. Stattdessen aber hebt Lundrim zu folgender Antwort an:

Ich möchte die Gelegenheit ergreifen, meinen Genossen einen Vorschlag zu unterbreiten, der die Leistung des gesamten Betriebs noch weiter steigern könnte.

Der Kaderleiter sinkt auf seinem Sitz zusammen. Seine Unterarme liegen matt auf dem Tisch. Er spitzt die Lippen, um die Belegschaft zum Schweigen zu ermahnen.

Die Erfahrung hat gezeigt, dass die Mitarbeiter viel effizienter sind, wenn sie nach Hause gehen können, sobald ihr Tagespensum erfüllt ist, fährt Lundrim fort, nahezu berauscht von der großen Stille, in der sich seine Stimme frei entfalten kann.

Und?, fragt der Kaderleiter. Dürfen sie dann die Arbeitsstätte früher verlassen?

Das ist ja der Punkt, erwidert Lundrim enthusiastisch. Durch die verkürzte Arbeitszeit können wir sogar Energie sparen.

Die Belegschaft reißt die Augen auf. Ein Raunen geht durch den Saal. Der Kaderleiter schüttelt den Kopf und brummt: Ach, so! Dann lässt er einen prüfenden Blick über die Gesichter des Kollektivs schweifen und fragt: Hat vielleicht einer von euch dem etwas hinzuzufügen?

Achselzucken, Hüsteln und ein Nein-nein-nein-Singsang schwappen aus den hinteren Reihen podiumwärts.

Also, ruft der Kaderleiter mit scharfer Stimme, auf deinen Vorschlag, Genosse Lundrim, werde ich dir persönlich antworten. Die festgelegte Arbeitszeit von acht Stunden ist keineswegs der Willkür der Partei entsprungen. Sie folgt, langfristig betrachtet, einer der durchdachtesten volkswirtschaftlichen Lehren des Marxismus-Leninismus. Denn Karl Marx hat uns gelehrt, dass die Arbeit das erste und stärkste Lebensbedürfnis des Menschen ist. Abgesehen von der Qualitätsminderung, die die Befolgung deiner Idee verursachen würde – was geschieht denn mit einem Menschen, der, nehmen wir an, nur vier Stunden am Tag arbeitet? Glaubst du, Genosse, vier Stunden reichen aus, um das Bedürfnis nach Arbeit zu stillen?

Lundrim beginnt allmählich zu begreifen, dass er sich in eine gefährliche Situation hineingeritten hat, aus der ihn weder die Verbindungen seines kommunistischen Schwiegervaters noch Nikola herausholen können.

Bitte nicht, denkt er und reibt die Fingerkuppen aneinander. Bemerkt dabei, dass seine Hände feucht werden. Seine Stirn beginnt zu vereisen.

Hauptsache, niemand bemerkt etwas von meiner Angst, denkt er. Jetzt heißt es, einfach nur den Schnabel zu halten, um nicht durch Rechtfertigungsversuche noch tiefer in die Scheiße zu geraten. Er sieht den Kaderleiter reumütig an, und während dieser mit heißem Kopf und wutentbranntem Blick mit dem Zeigefinger wedelt, beschäftigen sich Lundrims Gedanken mit der roten Samtpolsterung der Stühle im Saal. Er vergleicht sie mit den Sofas im Empfangszimmer seiner Schwiegereltern.

Kommunistische Kommodität, sagt er zu sich selbst, und ein kalter Schauer läuft ihm dabei über den Rücken. Diesen Gedanken sollte er gleich wieder vergessen. Noch besser wäre es, ihn nie gedacht zu haben. Die Röntgenaugen der Belegschaft durchleuchten ihn.

Denn mit Erfolg und Weitsicht gewappnet, marschiert der Kommunismus, gebettet auf den stählernen Schultern des Proletariats, geführt von …, ruft der Kaderleiter.

Diese Holzvertäfelung, hinter der die Wand zur Hälfte verschwindet, denkt Lundrim, macht den Raum wohnlicher. Sie verleiht dem Saal eine warme Atmosphäre. Außerdem ist sie eine perfekte Tarnung für Aufnahmegeräte und Sender.

Man darf, und der Leiter erhebt seine Stimme, man darf Intellektuelle nicht mit Streichhölzern spielen lassen! Sie nehmen die Begriffe und stellen sie willkürlich nebeneinander. Im Grunde klingt das, was sie von sich geben, nicht einmal so schlecht und vielleicht sogar überzeugend. Aber wäre unsere Partei so stark geworden und unser Volk so immun gegen jegliche revi-

sionistische Manipulation, wenn wir nicht in der Lage wären, reaktionäre Theorien bereits vor ihrem Aufkeimen entlarven zu können? Menschen wie du, Genosse, die auf gut Glück mit Begriffen und klassenfeindlichen Vorschlägen hantieren, spielen eigentlich mit dem Feuer des Proletariats ...

Wie schön das Tageslicht in den Saal fließt, denkt Lundrim und spürt an seinen Handgelenken schon die eisige Umklammerung von Handschellen. Gedämpft von den schweren hellblauen Vorhängen schimmert das Licht auf dem mahagonifarbenen Lack der hölzernen Wandverkleidung, während die empfindlichsten Abhörgeräte der Erde jedes Detail seines Untergangs aufzeichnen. Richtig feierlich alles.

Wozu habe ich mir das eingebrockt?, fragt er sich, während sein Name wie ein zerbeulter Tischtennisball durch die Sitzreihen hin und her geworfen wird. Nur ihm selbst gelingt es nicht, den Ball zu erwischen und weiterzuspielen.

Lundrim vermeint Dankbarkeit in den Gesichtern der Kollegen zu erkennen. Anscheinend rechnen sie es ihm hoch an, der stinklangweiligen Sitzung Leben eingehaucht zu haben. Und plötzlich überkommt ihn unbändige Lust, eben jetzt und hier eine richtig wilde Nummer zu schieben. Total unlogisch und unpassend, aber das war es doch auch, was ihn dazu verleitet hat, völlig leichtsinnig seinen Gedanken vor dem Vorsitzenden freien Lauf zu lassen. Wie angenehm befreiend es doch wäre, diesen Saal zu entweihen. Es wäre um einiges verrückter und aufregender, denkt er, als sich in einem stinkenden Klo oder muffigen Bunker mit den Arbeiterinnen zu vergnügen.

Halt das Maul!, ruft sich Lundrum innerlich zu, während die Stimme des Kaderleiters immer verbitterter klingt und seine Gesichtszüge sich vor Abscheu verzerren.

Halt das Maul, wiederholt Lundrim stumm, meint aber nun nicht mehr sich selbst.

Nein!, setzt der Kaderleiter in einem schärferen und endgültigeren Ton an.

Jetzt ist es um dich geschehen, scheint er zu verkünden, und aus seinem Mund bricht eine lange Tirade hervor, die Lundrim nur in Bruchteilen registriert: hohe internationalistische Pflicht ... kommunistische Bewegung ... nachdrücklicher Kampf ... China ... Volksintelligenz ... die breiten Massen ... Moskau ... Staatsmacht ... Vereinigung der Massen ... Heroismus der werktätigen Menschen ... schöpferische Kraft ... Opfermut ... Liquidierung der Ausbeuterklasse ... Kampf um die Hirne und Herzen ... reine und tugendhafte Menschen ... klassenfeindlicher Opportunismus ... revisionistische Entartung ...

Die Tirade findet ein jähes Ende. Gleichzeitig bemerkt Lundrim, dass sich hinter ihm die Tür öffnet. Er taumelt verwirrt, dreht sich um und sieht Nikola. Der stellt sich abwartend neben ihn und lässt den Kaderleiter seine Rede zu Ende führen, die seit Nikolas Auftauchen, das alle im Saal bemerkt haben, um eine Spur versöhnlicher wirkt und ambivalent wie ein aufgehobenes Missverständnis ausklingt.

Nach der Sitzung verlassen die Werksarbeiter etwas desorientiert den Saal. Nikola jedoch tritt entschlossen auf den Kaderleiter zu und vereinbart mit diesem und Lundrim ein Treffen noch am selben Abend.

Als die drei Männer das Strandlokal betreten, ist es bereits nach zehn. In dem großen Speisesaal, in dem tagsüber fast nie ein freier Tisch zu finden ist, sind sie nun die einzigen Gäste. Nikola verschwindet in die Küche.

Hör zu, sagt der Kaderleiter zu Lundrim, wir kennen dich besser, als du denkst.

Lundrim stammelt etwas, bekommt aber keinen geraden Satz heraus.

Wir wissen alles, sagt der Kaderleiter, über die Familie deiner Mutter. Wir wissen, woher du kommst. Auch wenn du dich bis jetzt unauffällig verhalten hast und dich nun bei Nikola einschleimst: Glaube nicht, dass du unantastbar bist.

Lundrim versucht erneut etwas zu sagen, doch der Kaderleiter gibt ihm ein Zeichen, still zu sein und den Mund zu halten.

Wir, sagt der Kaderleiter, wissen von den Sabotagehandlungen deiner Onkel. Wir wissen, dass sie erklärte Feinde der Diktatur des Proletariats waren. Und sie haben die Strafe erhalten, die sie verdient haben.

Aber, flüstert Lundrim schnell, wir haben jeglichen Kontakt zu diesem Familienzweig abgebrochen.

Gib acht, das rate ich dir, unterbricht ihn der Kaderleiter und fügt, als Lundrim Anstalten macht zu antworten, zischend hinzu: Halt deinen Mund, du Revisionistenbastard!

Nikola übergibt währenddessen dem Koch Seebarsche, die er und Lundrim von befreundeten Fischern bekommen haben. Die silbernen Körper duften nach frischem Meerwasser. Der Koch begutachtet sie gerührt.

Bei solchem Fisch, sagt er, braucht man eigentlich nichts zu tun. Ich werde sie einfach nur braten. Mit Salz und Olivenöl, sonst nichts.

Du bist der Meister, sagt Nikola, dem Koch auf die Schulter klopfend. Dieser macht sich am Waschbecken auch schon daran, die Fische zu schuppen und auszunehmen. An der Qualität der mitgebrachten Tiere scheint der Koch den Ernst der Lage zu erkennen. Überprüft verwundert die Kiemen, riecht daran, fasst sich ein Herz und wagt trotz der kritischen Situation zu fragen, ob er zwei, drei Fische für sich behalten darf.

Natürlich, entgegnet Nikola lächelnd, verlässt die Küche und setzt sich zwischen den Kaderleiter und Lundrim.

Der Kaderleiter betont, dass die Sache nun schon ziemlich brenzlig geworden sei. Sie hätten sich, meint er, viel früher aussprechen müssen. Jetzt würde ein Rückzieher in dieser Angelegenheit ihm selbst am meisten schaden. Trotzdem wolle er klarstellen, dass er Nikola nichts abschlagen werde. Allerdings müsse er die beiden warnen und mit Nachdruck fordern, dass Lundrim in Zukunft auf derlei eigenmächtige Aktionen verzichte.

Man kann nicht immer Glück haben, erklärt er. Es kann immer jemand bei einer Sitzung anwesend sein, der die Sache von sich aus verfolgt. Vielleicht ist sie ja wirklich harmlos, aber was, wenn sie einer Person zu Ohren käme, die Lundrim nicht so wohlgesonnen sei? Fehlt gerade noch, dass er sagt, so wohlgesonnen, wie ich es bin. Aber das tut er nicht. Vielmehr sagt er, dass die Tatsache, dass er die volle Arbeitszeit wieder einführen werde, von der Belegschaft sicher nicht mit Applaus quittiert werde. Noch ehe Lundrim darauf antworten kann, entgegnet Nikola, dass die Kürzung der Arbeitsstunden ein gemeinsames Experiment gewesen sei.

Natürlich, fügt er hinzu, war es unbedacht. Trotzdem werde er nicht zulassen, dass sein bester Freund ihren gemeinsamen Fehltritt allein ausbadet.

Solche Experimente, entgegnet der Kaderleiter, können einen Kopf und Kragen kosten. Ich weiß, wovon ich spreche.

Konsequenzen wird es sicher haben, setzt er nach einer kurzen Pause hinzu. Wenn auch nichts Schlimmes.

Du wirst, und dabei wendet er sich Lundrim zu, das Dienstmotorrad abgeben müssen und künftig keine ausländischen Delegationen mehr begleiten. Vielleicht übernimmt jemand anderer deine Abteilung und du kehrst zur Radioproduktion zurück.

Lundrim hatte seine Arbeit in der Fabrik bei der Radioproduktion begonnen. Nach jahrelangen Entbehrungen und dem Einsatz aller Beziehungen war es ihm geglückt, die innovativste

Abteilung, jene der Farbfernseher, zu übernehmen. Und jetzt, kaum dass er die neue Stelle angetreten hat, soll er auch schon wieder kurzerhand degradiert werden.

Nikola nickt dem Kaderleiter zu, und Lundrim nickt ebenfalls.

Im Laufe des Abends wird die Stimmung lockerer und gelöster. Der Koch leert wieder und wieder die Aschenbecher und füllt die Teller mit frisch gebratenen Fischen. Von der vollen Einliterflasche mit selbstgebranntem Raki ist nur noch ein Viertel übrig geblieben. Der Kaderleiter isst und trinkt aus Leibeskräften, seine Rede wird immer gewitzter, und was er sagt, klingt vernünftig und ehrlich. Allerdings manchmal auch beängstigend. Ein wenig erinnert er an jene Spione, die, um den Gesprächspartner aus der Reserve zu locken, sich selbst sehr weit aus dem Fenster lehnen. Lundrim hat bereits genug Zündstoff geboten, dessen Auswirkungen er nicht mehr abschätzen kann. Deshalb beschränkt er seinen Beitrag an der Unterhaltung auf zustimmendes Nicken und nettes Lächeln. Das macht auf den Leiter einen guten Eindruck. Und zum Abschluss besiegelt er seine Versöhnung mit dem reaktionären Element, gegen das er den ganzen Vormittag lang gewettert hat. Der Koch bringt einen roten Hummer, den er so gekonnt präpariert hat, dass man das schneeweiße Fleisch locker aus dem Panzer lösen kann. Seine Hand auf Nikolas Schulter legend, flüstert er ihm zu: Das ist für dich, mein Lieber. Lass es dir schmecken.

Nikola stellt den Teller in die Mitte des Tisches und füllt die Gläser mit dem letzten Rest aus der Flasche. Schließlich singt der Kaderleiter noch Volkslieder aus dem Süden Albaniens, wobei ihn die beiden Freunde melodisch begleiten. Als dann der Chauffeur seines Vaters kommt, um Nikola nach Tirana zu bringen, beschließen sie aufzubrechen, wobei der Kaderleiter darauf besteht, dass Lundrim ihn auf dem Dienstmotorrad nach Hause fährt, obwohl dieser total betrunken ist.

Gib Gas, brüllt er lachend auf dem Rücksitz, während sie durch die nächtliche Straße entlang des »Großen Strands« Richtung Stadt sausen. Lundrim gehorcht, braust dahin, bis ihn plötzlich das grelle Licht eines Streifenpolizisten blendet. Das Motorrad bleibt mit quietschenden Reifen stehen.

Der Polizist richtet seine Taschenlampe auf das Gesicht des Fahrers, doch ehe er noch fragen kann, ob dieser zu viel getrunken hat, brüllt der Kaderleiter mit schwerer Zunge aus dem Dunkel heraus:

Genosse, wir haben es eilig, halt uns nicht sinnlos auf, ich bin der Kaderleiter der Fernsehfabrik!

Der Polizist reißt die Augen auf, salutiert, stottert eine Entschuldigung, da startet Lundrim schon seine Maschine, gibt Gas und donnert in die Dunkelheit.

So rasch sich die Nachricht in der Fabrik verbreitet hat, dass Lundrim in Ungnade gefallen ist, so schwierig ist es, sie aus der Welt zu schaffen, nachdem die Versöhnung stattgefunden hat. Selbst dann noch, als der Kaderleiter und Lundrim gemeinsam in der Werksküche beim Kaffee sitzen, bleiben die Arbeiter misstrauisch und warten darauf, dass Lundrim von der Bildfläche verschwindet. Dieser wandelt wie im Traum durch das Fabriksgelände. Nur Nikola verhält sich ihm gegenüber wie zuvor. Alle anderen aber gehen gesenkten Hauptes an ihm vorbei oder schauen weg, auf eine Dachrinne, ein eingeschlagenes Fenster, ein Loch im Asphalt, das, wenn Lundrim darüber gehen würde, als ein dunkler Schacht aufklaffen könnte, in dem der Ingenieur spurlos verschwindet. Oder sie starren einfach durch ihn hindurch. Im Grunde wäre ihm dieser Zustand des allgemeinen Ignorierens gleichgültig. Im Gegenteil, er würde ihn als durchaus angenehm empfinden, wäre der Wechsel von wohlwollendem Lächeln zu ausdruckslosen Blicken nicht so abrupt verlaufen. Die Ungewissheit, ob jemand ihn grüßen wird oder nicht, trifft ihn stets unvorbereitet und irritiert ihn immer wieder aufs Neue, weil sie so neu für ihn ist und völlig anders als jene Ungewissheit, die er empfindet, wenn er die Leiterplatten entsprechend den Anleitungen der ausländischen Bücher in seinem Schlafzimmer mit Dioden, winzigen Rohrlämpchen und anderen elektronischen Bauelementen versieht und auf das Schimmern der Lötaugen starrend wartet, dass Glühfäden in Glasgehäusen leuchten oder kleine Lautsprecher piepsen. Das ist etwas, dem er mit seinem Werkzeug leicht nachzuhelfen vermag. Lampen und Drähte können ausgetauscht und dann anders angeschlossen werden. Kein Zweifel, dass jeder Fehler in der flachen, grünen Platte zu finden und zu beseitigen ist.

Im Alltag verhalten sich die Dinge aber anders. Die Menschen um ihn herum gehorchen Gesetzen, die er nicht kennt. Den Gesetzen der Ganggespräche, bei der die Rollen von Strom und Leiterbahnen von Kaffee und Zigaretten übernommen werden.

Der Strom vollzieht eine nachvollziehbare Bewegung. Mit den Tropfen der weichen Lötmasse ebnet Lundrim dem Strom dessen Weg, haucht der Schaltung sozusagen Leben ein. Nicht er selbst natürlich, der Strom tut das. Immer zuverlässig berechenbar. Lundrim würde sich nie anmaßen, sich selbst für denjenigen zu halten, der das alles bestimmt, nein, er folgt einfach den Plänen, die ihm die Teilnehmer ausländischer Delegationen hinterlassen. Doch der Moment, in dem der Strom durch die Lötstellen fließt, sich dann, von lichtdichten Dioden gebändigt, in die gelben Bahnen entlädt und sich nach einem Sekundenbruchteil endloser Ungewiseheit in Schwingungen oder Glühen wandelt, um Zeugnis zu geben von seinem Weg – dieser Moment gehört Lundrim ganz allein.

Denn weder der Strom noch die Platte oder die Anleitungen aus dem Ausland erheben in irgendeiner Weise Anspruch darauf. Die Gespräche auf den Gängen hingegen sind vage, mit

Anspielungen, zweideutigen Witzen und verdeckten Warnungen, die je nach Tonlage gedeutet werden können. Sie sind wie ein Nebel aus Stimmen und Lippenbekenntnissen, begleitet von blauem Dunst und schwarzem Gebräu, Linsen und Schielen durch dunkle Gänge, Nicken und Drehen, Abwenden, Rucken und Gesichterschneiden, ein Perpetuum ohne Sinn, das jeglicher Regelmäßigkeit entbehrt, so wie der Rauch Raum und Zeit beansprucht und Lundrims Versuch, sich dagegen aufzulehnen, zu lächerlichem Scheitern verurteilt, ihm einen Konflikt einhandelt, den er nicht nur bewusst, sondern auch instinktiv mit allen erdenklichen Mitteln zu vermeiden versucht hat und der ihn nun in seinem tiefsten Inneren erschüttert.

Das ist der wirkliche Feind des Proletariats. Man lehnt sich gegen alle möglichen Fantasiegestalten auf, bildet sich etwas auf gewaltige Klassenkämpfe ein, um von der Glanzlosigkeit, der Beliebigkeit des tatsächlichen Schreckgespenstes abzulenken, das sich gleich dem Kriechstrom mit seinem heimelig stechenden Geruch in den Venen der Dikatatur des Proletariats ausbreitet, denkt er. Ein Auswuchs, der in gleichem Maße unaufhaltsam wie nutzlos ist. Nicht, dass die Schaltungen, mit denen er sich abgibt, jemand anderen interessieren. Lundrim wird entlohnt wie all die anderen, die nichts tun, als sich am Vormittag darauf vorzubereiten, ihre Arbeit aufzunehmen, und am Nachmittag darauf, sie wieder niederzulegen. Aber es gibt für ihn Augenblicke, die ihn wirklich überraschen. Etwa wenn er tagelang die Vorlagen ausländischer Bücher nachbaut, ohne dass seine Systeme funktionieren, dann aber etwas ganz Einfaches probiert und plötzlich zu einer perfekten Lösung gelangt und damit einige Stunden lang das Gefühl hat, sie ganz allein gefunden zu haben. Das ist etwas Magisches für ihn. Das ist der Moment, für den es sich zu leben lohnt.

Seit jener Sitzung aber verschließen sich ihm die Skizzen, die er abends zu Hause auf seinem Sofa studiert, während seine Frau und die Kinder fernsehen. In der Fabrik fühlt sich sein Arbeitsmantel jetzt fremd an. Wie durchsetzt mit Stoffen, die sich gegen ihn verschworen haben. Er muss fliehen. Ja, er wird in den Saal gehen, sich dort hinsetzen und all das, was geschehen ist, in seiner Erinnerung nachspielen. Er muss unbedingt wissen, wie schlimm es wirklich um ihn steht. Er muss herausfinden, was genau das ist, das Nikola zwar vorläufig aufgehalten hat, das unter der Oberfläche aber gefährlich weiterbrodelt.

Er hätte dem Kaderleiter genauer zuhören sollen. Sie verraten sich immer durch ihre Sprache, denkt er. Durch winzige, versteckte Indizien, die sie selbst gar nicht mehr beachten – Überbleibsel von Grausamkeit in ihrer ursprünglichsten Form. Solche Indizien sind wie Spuren, die ihn, richtig gedeutet, zur Quelle seines Verderbens führen können. Leider aber hat er sie alle verschmäht und muss nun hilflos im Dunkeln tappen.

Jetzt will Lundrim ein neues Experiment durchführen. Ob außer in den Geräten hinter der Mauerverkleidung auch noch anderswo etwas von der Sitzung gespeichert ist? In der Luft? Oder in seiner Erinnerung an die Luft? Er will seine Blicke auf die Anwesenden und die Stühle, auf denen sie gesessen sind, gewissermaßen nachspielen.

Lundrim betritt den Sitzungssaal und entdeckt auf der dem Eingang gegenüberliegenden Seite die junge Dolmetscherin, die dort ganz allein sitzt und raucht.

Und, sagt er, während er auf sie zugeht.

Sie trägt den gleichen, viel zu breiten, blauen Mantel, den auch die Fabriksarbeiter tragen. Die Ärmel hat sie nachlässig hinaufgekrempelt. Wenn sie den rechten Ellbogen auf ihre übergeschlagenen Beine stützt, um an der Zigarette zu ziehen, enthüllt sich ihr Unterarm. Lundrim ist, als würde er mit seinen

Augen den Geruch ihrer Haut einatmen. Sie inhaliert, sieht ihn an und schweigt. Dann sinkt sie ein wenig in sich zusammen. Ihren Lippen entströmt eine kegelförmige Wolke. Sie kneift die Augen zusammen und zuckt unmotiviert mit den Achseln.

Ich wollte den Saal sehen, erklärt er.

Du warst heute bei der Führung mit den Deutschen nicht dabei, entgegnet sie.

Ich bin wieder in die Radioproduktion zurückgekehrt, erklärt er.

Sie sieht ihn besorgt und fragend an.

Ach, ich, sagt er, ich wollte das selber. Das ist viel spannender als die Farbfernseher, die muss man ja nur nach den Skizzen, die dir die Deutschen vorlegen, zusammensetzen.

Aber damit steigt doch auch die Chance auf eine Dienstreise.

Psst, zischt er, blickt um sich und flüstert: Davon weiß ich nichts.

Ihre Nase hat etwas von einer Kartoffel, denkt Lundrim. Ein durchschnittliches Gesicht ohne besondere Züge. Die Augen sind leblos. Die Haare viel zu glatt. Am Scheitel ist die Kopfhaut zu sehen, weil die Haare dort etwas zu schütter sind. Ihr Mund ist etwas zu groß, denkt er, sicher hat sie ein viel zu breites Lächeln.

Ich habe gehofft, dass du wieder auftauchst, sagt Lundrim unvermittelt und lächelt stumpfsinnig. Jetzt musst du mir nur noch sagen, wer du bist.

3

Leises Klopfen weckt ihn. Als sich die Tür des Hotelzimmers öffnet, macht er eine schwarze Gestalt im Türrahmen aus. Er setzt sich auf den Bettrand und legt seine Hände auf die Knie. Jeta tritt ins Zimmer, dreht sich um und schiebt ganz langsam die Tür zu. Sie nähert sich dem Bett und bleibt, über Lundrim hinweg auf das Fenster starrend, vor ihm stehen. Er packt sie am Arm, um sie auf das Bett zu ziehen. Er umschlingt ihre Hüften und presst sein Gesicht gegen ihren Bauch. Mit einer jähen Bewegung reißt sie sich los.

Lass mich, flüstert sie, mir geht es heute nicht so gut.

Lundrim steht auf. Er stellt sich ans Fenster. Hinter seinem Rücken hört er ihre Stimme.

Ich war mit einer Gruppe im Archäologischen Museum, sagt Jeta. Während der Führung hat mir ein Mann eine blöde Frage gestellt und ich wusste nicht, was ich antworten sollte.

Woher kamen sie?, fragt Lundrim.

Österreicher waren das, erwidert sie. Sie drehen irgendeinen Film über Albanien.

Und was war das für ein Typ?

Keine Ahnung, antwortet Jeta. Er gab sich als Reporter aus. Fette Haare, platt gedrücktes Gesicht. Wie ein Maulwurf. Was ich einigermaßen einschätzen konnte, war sein Alter: zwischen dreißig und siebzig.

Verstehe, lächelt Lundrim.

Und seine Stimme war auch unfassbar eklig. Klang wie aus einem Fass, gefüllt mit Speichel.

Was hat er gefragt?, will Lundrim wissen.

Ach, vergiss es. Irgendetwas. Lass uns nicht mehr darüber reden.

Mir geht es auch nicht gut, sagt Lundrim.

Sie fragt ihn nach dem Grund. Er antwortet knapp, dass es in der Arbeit Schwierigkeiten gebe.

Schwierigkeiten?, wiederholt Jeta fragend.

Er schweigt und blickt durch einen Spalt des Vorhangs auf die Straße hinunter.

GIRO

Es gibt in der Stadt Viertel, die wichtiger sind als der Platz
vor der Hafeneinfahrt. Am frühen Nachmittag wirken sie
aber alle wie ausgestorben. Das »Giro« hingegen, wie die Gegend hier genannt wird, verwandelt sich nach Mittag in den
lebendigsten Punkt der Stadt. Bei ruhigem Wetter macht man
hier dann einen Abendspaziergang, der auch »Giro« genannt
wird und wovon sich der Name der Straße und des Platzes ab-
leiten.

Alle Straßen der Stadt zweigen von dieser einen ab, die stets
parallel zum Ufer verläuft. An der südlichen Ecke der Bucht
zwängt sie sich an einem Hügel vorbei, um diesen von dem fel-
sigen Gestade zu trennen. Einige hundert Meter weiter zieht
sich der Hügel stadtwärts. Seine Formen werden dabei sanfter,
und auch seine Beschaffenheit. Jetzt herrscht nicht mehr der
unwirtliche Granit vor, sondern man sieht eine bewaldete Erhebung, die von kleinen Häusern, Gärten und Weinbergen
durchbrochen wird. Die Küstenstraße wird nicht bloß breiter,
während sie sich von dem Hügel trennt, sondern streckt sich,
ohne dominant zu wirken, geradeaus, als hätten sich ihre Planer
weder vom Verlauf des Ufers noch von jenem des Hügels beein-
flussen lassen. Sie teilt die erst vor Kurzem entstandenen Wohn-
blöcke vom Ufer. Dann verläuft sie zwischen dem Sportplatz des
Gymnasiums und einer langen grünen Fläche, die sich auf der
Seite des Ufers bis zu dem Platz vor dem Hafen erstreckt und
beim Gastgarten des Hotels endet. Auf der anderen Straßenseite, angrenzend an die Sportanlage des Gymnasiums, liegen
drei freistehende Einfamilienwohnhäuser, in deren Mitte sich
die Villa des Bürgermeisters von Durrës befindet. Unmittelbar
nach diesen Gebäuden zweigt eine Straße ab, die zu den Mauern der mittelalterlichen Stadtfestung und dem Amphitheater

hinaufführt. Der Anfang dieser Straße trennt die drei Häuser von einigen Bunkern, neben welchen das archäologische Museum liegt. In den schlichten Säulengängen des Museums sind einige Torsi, eine riesige Amphora sowie Grab- und Reliefstelen ausgestellt.

Die Bunker, insgesamt vier oder fünf, sind hinter einer etwa zweieinhalb Meter hohen Mauer versteckt. Der erste Bunker ist am leichtesten zugänglich, weshalb sich dort häufig Kinder verstecken. Besonders sauber ist dieser Bunker nicht, aber der Kot darin ist meistens schön trocken und der Gestank verliert sich in der dampfend heißen Kuppel. Die anderen Bunker sind hingegen von Mauern umgeben, welche die Kinder nicht überwinden können. Sie springen lieber über den Zaun des Museums, um dort Rosen zu pflücken. Mischt man in einer Flasche Wasser, Rosenblätter und Zucker und stellt dann den Behälter für einige Tage in die Sonne, entsteht eine Limonade, die für hiesige Verhältnisse ziemlich gut schmeckt.

Den Abschluss dieser Bunkerreihe bildet ein Waffendepot aus massivem Beton, ein Überbleibsel der italienischen Besatzung zu Beginn des Zweiten Weltkrieges. Dieser Bau und das Museum sind nur durch einen ganz engen, schattigen Steg getrennt, auf dem man direkt zum »Giro« gelangen kann.

Das ist lächerlich, unterbricht ihn Jeta. Du versuchst nur abzulenken. Sie spricht davon, dass er ihretwegen seine Frau sicher nie verlassen wird. Es ärgert sie, dass sie sich das nicht einmal zu wünschen wagt. Sie brächte es aber nicht über sich, seine Familie zu zerstören. Ellens Vater, klagt Jeta, verfüge über genügend gute Verbindungen, um ihnen nach einer Scheidung ein normales Leben unmöglich zu machen.

Aber, fragt sie mit Nachdruck und lehnt ihre Stirn an seine Schulter, was machen wir dann hier? Irgendwann werden wir uns doch trennen müssen. Ich wollte, ich wüsste das nicht. Ich wollte, dass es nicht so klar wäre. Dass ich mir mindestens etwas einbilden könnte auf diese Geschichte, verstehst du mich, Liebling?, fragt sie und fügt flehentlich hinzu: Sag doch was.

Lundrim schweigt. Am Anfang war es nur der Zauber einer neuen Haut gewesen, der Lundrim zu Jeta hingezogen hatte. Inzwischen ist aus einer neuen, unbekannten Haut ihre Haut geworden, die durch ihren Duft für ihn einzigartig geworden ist, wie auch die Bewegungen ihres Körpers und die Art, wie dieser seinen Berührungen nachgibt. Aber ihre Erwartungen und Wünsche gehen ihm nun zu weit. Er will sich nicht von Ellen trennen. Er hat sie geheiratet, um das ihm bis dahin fremde Wesen der Frauen kennen zu lernen, und hat erst durch sie den Mut gefunden, all den Stress, den sein Vater mit seiner Mutter gehabt hatte, und umgekehrt, auf sich zu nehmen. Nun aber ist Jeta da und bietet sich als Objekt des Stressstudiums, wofür Lundrim die Ehe hält, an. Aber er kennt sie bereits. Im Grunde ist sie die einzige von all den Frauen, die er je getroffen hat, die er wirklich kennt. Wozu soll er sie dann heiraten und dadurch Chaos in so viele Leben bringen?

Vor dem Fenster sieht er Leute, die nach dem Mittagsschlaf und der Nachmittagstoilette in ihrer Spaziergängeraufmachung auf dem Weg zum »Giro« sind. Noch wirken sie wie betäubt von der Hitze. Ihre Worte hinken den Gedanken hinterher, während das Leben langsam in Gang kommt und sich die Nachricht über die gefundenen Münzen allmählich verbreitet. Selbst die Erwachsenen sprechen darüber mit einiger Bewunderung. Um sich darüber hinwegzutrösten, nicht selbst der glückliche Finder gewesen zu sein, meint der Überbringer der Nachricht, dass der Preis, um den die im Amphitheater gefundenen Münzen verpulvert wurden, zu niedrig sei. Deutlich nennt er die Zahl, und überflüssiger Weise wiederholt er sie mit Nachdruck. Es ist immer zu wenig, was man dafür bekommt. Jeder, der den Kaufpreis hört, ist überzeugt, dass er mehr hätte herausschlagen können. Selbst dann, wenn der Fund an einen der Touristen, die sich hierher verirren, verhökert wurde. Ein Stück Seife, eine Kaugummipackung für die Kinder ist genug. Die Ausländer geben diese Tauschwaren so bereitwillig hin, dass man stutzig werden muss. Die Touristen profitieren wahrscheinlich von der Gefahr, in die sich hier jeder begibt, der mit ihnen spricht. Man weiß nämlich nie, ob nicht irgendwo ein Verräter lauert, der so ein Gespräch melden und damit nicht nur die Kinder in eine auswegslose Lage bringen könnte, sondern auch deren Eltern, welche ihren Kleinen ja hätten eintrichtern müssen, dass man mit Touristen nicht sprechen darf. Weshalb nicht? Es ist eben verboten. Aber warum kommen dann Touristen zu uns? Um das Land kennen zu lernen. Um sich den Kommunismus anzusehen. Aber dafür sei es nicht notwendig, mit den Menschen auf der Straße oder deren Kinder zu sprechen. Sie sprechen ja mit ihren offiziellen Begleitern, mit ihren Dolmetschern. Und die sind gefeit vor tückischen Fragen und an den Umgang mit Fremden gewohnt. Sie kennen nicht nur deren Sprache, sondern auch die versteckten Absichten, die sie zu uns führen, und haben die richtigen Argumente, um den Fremden die Vorteile unseres Systems auseinanderzusetzen. Und nicht zuletzt haben sie gelernt, was sie den Ausländern sagen dürfen und was nicht. Man wisse schließlich nicht, was der Rest der Welt gegen uns im Schilde führt und was sich hinter dem eigenartigen Lächeln der Besucher in heller Sommerkleidung verbirgt. Deuten kann man ihre Gesichter nicht, weil niemand sie aus der Nähe sehen darf. Sie und wir begegnen einander nur von fern. Als wären wir eigenartige Spezies, die nicht genau wissen, ob sie einander verabscheuen oder bewundern sollen; und eigentlich sind es die Touristen selbst, die behutsam Abstand zu uns allen wahren, während sie unter dem Schutz eines Wesens, unsichtbar und mächtig wie ein Gott, die Straßen, in denen gespielt und spaziert wird, in dem Moment ihres Vorübergehens in eine künstliche und leblose Stille tauchen.

Die Touristen wissen also, dass es den Kindern, die ihnen die Münzen anbieten, nicht erlaubt ist, mit ihnen zu sprechen, und schon gar nicht, mit ihnen zu handeln, und kramen, wenn sie sehen, dass jene kleinlaut auf sie zusteuern, die Gegenstände hervor, die sie in ihren Gürteltaschen für solche Tauschgeschäfte mit sich tragen. Es liegt auf der Hand, dass die Münzen für sie eine gewisse Bedeutung haben. Für die Einheimischen hingegen haben sie nicht den geringsten Wert. Sie glänzen nicht, sind zerbeult, zerkratzt, grau. Ein Stück Metall, überzogen mit trockener Erde. Kaum erkennbare Prägungen. Aber die Jungen, die sie gefunden haben, beäugen sie zu Hause stundenlang. Sie verschanzen sich ganze Nachmittage lang in ihren Zimmern und verlieren jegliches Interesse für die Spiele auf der Straße. Sie sind mit dem Rätsel ihrer Münzen beschäftigt. Und wenn sie doch auf die Straße gehen, sehen sie aus, als hätten sie richtig große Sorgen. Machen ein viel ernsteres Gesicht als ihre Eltern, wenn diese von der Arbeit kommen. Sind in sich gekehrt. Bleiben grundlos mitten auf dem Weg zwischen Stadtmauer und

Ufer stehen, halten inne, als wären sie in Verbindung mit einer höheren Macht getreten, die ihre ganze Aufmerksamkeit beansprucht. Versperren sich dem Treiben um sie herum. Im Grunde scheinen sie die Wirklichkeit verlassen zu haben.

Dass sie sich in dieser Zeit auf den Tausch vorbereiten, liegt also nahe. Doch es ist noch etwas ganz anderes, was in den Kindern vorgeht. Etwas, das sie selbst nicht einmal ahnen. Sie betrachten die Münzen und schmecken bereits die Süße eines Eises oder einer Limonade. Fühlen bereits die Beschaffenheit der Kaugummiverpackung mit der dunkelblauen Schrift und der Brücke von Brooklyn, die zwei Unendlichkeiten verbindet. Das Metall hingegen ist dunkel und rau.

So flüchten die Kinder in ihre Zimmer und sperren sich ein, um sich mit den Geräuschen, die aus den offenen Fenstern hereindringen, noch tiefer in das Rätsel ihres Fundes zu versenken.

4

Im Gebüsch der Dünen versteckt, lauern die Kinder der »Wolga«-Gegend auf Pärchen, die auf den Bänken am Ufer spätabends Zärtlichkeiten austauschen. Harren auf den Moment, in dem die helle Haut eines Schenkels eine weiße, sanfte Spalte in die Dunkelheit schlitzt. Manche beginnen gleich zu kichern, andere hingegen spüren, wie die Luft in ihrer Brust sich dehnt, schwer und bitter wird, und bevor noch der Mann sich erhebt, um mindestens einen der Beobachter zu erwischen, machen sich alle davon, die einen aus Angst, die anderen, weil sie in ein heftiges Lachen ausbrechen, sobald sie in Sicherheit sind, und einige wegen der Bitterkeit in der Brust, die ihnen den Atem verschlägt. Wenn sie keine Pärchen finden, starren die Kinder einfach aufs Meer hinaus. Warum, wissen sie nicht. Vielleicht, um es sich für die Dämmerungen einzuprägen, in denen es sich spiegelglatt und ölig im Nichts auflöst. Sie hören es immer wieder wogen in der schwarzen Nacht. Und manch einer denkt sich, gäbe es bloß eine Möglichkeit, das ganze schwarze Ding ebenfalls einzutauschen. Zum Beispiel gegen bunte Limonaden in griffigen Flaschen, die nie zerbrechen. Irgendwo gibt es ein Leben ohne Scherben. Irgendwo, denke ich und bleibe bei diesem Wort hängen. Und muss zugleich an endlose Löcher in der Erde denken, in welche kleine Jungen in meinem Alter stürzen und Monate lang dort unten bleiben müssen. Und frage mich, wie kann das sein? Dort, auf dem anderen Ufer, wo alles so bunt und schillernd verpackt ist, dass es ebensolche Träume erweckt, selbst wenn ich es nur auf dem schwarzweißen Bildschirm unseres Fernsehers sehe; dort, wo die Limonaden nicht gelblich schal sind und nur eine einfallslose Mischung von Wasser und Brausepulver, sondern aus tausend verschiedenen Farben bestehen; dort also, wo die Farben zuhause sein müssen, bekommt dieser Junge seine Nahrung durch phosphoreszierende Schläuche zugeführt, damit er in der Dunkelheit danach schnappen kann. Das heißt, dass er nichts, absolut nichts sehen kann und eine so unvorstellbare Dunkelheit herrschen muss, dass sich seine Augen, obwohl er seit Tagen schon dort unten ist, noch nicht daran gewöhnt haben. Es sei sehr eng dort unten, sagen sie, so eng, dass sie nicht einmal wissen, wie sie ihn packen sollen. Retter haben sich abgeseilt, sind jedoch nicht bis zu ihm vorgedrungen.

Als der Schacht dann erweitert wird, gelingt es den Arbeitern nicht, die Erde nach oben zu schaffen. Sie befürchten, den Jungen verschüttet zu haben. Doch der Junge überlebt wunderbarer Weise. Unglaublich, unerklärlich. Dort unten hockt er, in der Tiefe zusammengekauert, sieht nichts, völlig abgeschieden von der Welt, und hat doch überlebt und lebt weiter, von einem Tag auf den nächsten, und liefert in jenem Sommer das Hauptthema für die italienischen Nachrichten. Experten beratschlagen, welche Möglichkeiten bestehen, den Jungen zu retten. Doch alle Bemühungen schlagen fehl. Selbst die Nachrichtensprecher wirken erschüttert, wenn sie über die Lage und den Zustand des Jungen berichten. Die Polizisten und Feuerwehrmänner geben ihre Verzweiflung offen zu, denn jeder weitere Rettungsversuch führt dazu, dass sich die Lage des Jungen nur noch mehr verschlechtert und die Hoffnung auf Rettung in immer weitere Ferne rückt, ja schließlich unmöglich scheint. Ob sie den Jungen doch noch herausholen werden, denke ich. Was ist das überhaupt für ein Loch?

5

Jeta sieht, während sie vor ihm steht, wie sich das Bett ihr nähert. Der Moment, in dem sie das Zimmer betreten hat, ist tief in ihrer Erinnerung eingegraben. Dazwischen haben sich Ereignisse aus der Vergangenheit geschoben, bevor sie noch wusste, dass es Lundrim gibt. Ereignisse, Wünsche und Gedanken an jemand, der verschwunden ist, ohne ersetzt worden zu sein. Es dauert unwahrscheinlich lang, bis sie endlich auf dem Bett landet. Eigenwillig umschlingen ihn ihre Arme. Sie keucht und drückt die Finger einer Hand in seinen Rücken, während sie die andere Hand zwischen ihre Körper schiebt und vergeblich versucht, seine Ungeduld zu bändigen. Sie presst die Lippen aufeinander, stöhnt, drückt ihre Lider zu. Wirft ihn zurück und richtet sich mit einem kräftigen Schwung auf. Lundrim liegt fassungslos da.

Ich wollte dich nicht erschrecken, flüstert Jeta und beugt sich über ihn.

Ich dich auch nicht, entgegnet Lundrim.

Sie küsst ihn leidenschaftlich, streichelt seinen Rücken. Er erwidert ihre Zärtlichkeit, versucht sie erneut aufs Bett zu ziehen. Sie wehrt sich. Er schiebt eine Hand unter ihren Rock und beginnt sie zwischen den Beinen zu streicheln. Sie seufzt, tritt zurück und lehnt sich ans Waschbecken.

Ich will dich nicht enttäuschen, flüstert sie.

Er möchte wissen, wie das gemeint sei.

Oh, sagt sie und beugt ihren schlanken Oberkörper ihm zu. Versteh es, wie du möchtest.

Wie meinst du das jetzt?

Find es selbst heraus, lacht sie.

Eines kann ich dir schon jetzt versprechen, entgegnet er erregt und führt den Zeigefinger sanft von ihrer Schulter abwärts bis zu ihrem nackten Ellbogen. Dass ich mein Bestes geben werde, es herauszufinden.

Sie lacht wieder und zieht ihren Arm zurück. Er nähert sich ihr. Sie zieht sich in die dunkelste Ecke des Zimmers zurück. Lehnt sich neben der Tür an die Wand. Er streckt die Hand nach ihr aus. Hält sie am Rock fest. Streicht ihr über die Hüften, öffnet langsam den Reißverschluss. Schiebt seine Hand unter ihren Rock. Zwischen Unterhemd und Slip berühren seine Finger ihren Bauch. Er schiebt Zeige- und Mittelfinger unter den Bund ihres Höschens und zieht sie zu sich heran.

Das ist fürs Erste ganz gut. Sie lächelt. Ich dachte schon, es gibt keine strammen Helden mehr.

Da kennst du mich noch nicht, murmelt er und küsst ihren Hals.

Was für ein Versprechen, erwidert sie.

Losgelöst von ihr und dem Rest ihres Körpers steigen ihre Arme auf, während ihr der Stoff ihrer Bluse die Dunkelheit des Zimmers vom Gesicht wischt.

Lundrim hebt den Kopf und blickt in ihr Gesicht. Jetas Mund erscheint ihm aufgeblüht, halboffen und ernst. Er hebt seine Hand, um ihre Lippen mit den Fingerkuppen abzutasten, doch eine aus der Brust heraufströmende Kraft hält ihn davon ab und zwingt ihn, ihren Mund mit seinem Mund zu suchen. Er blickt noch einmal in ihre halboffenen Augen und hört ein kurzes Seufzen. Er schiebt seine Hand tiefer in ihr Höschen, spürt seitlich des Venushügels eine winzige, raue Erhebung. Er tastet diese prüfend ab.

Ist das ein Muttermal?, fragt er.

Ja, haucht sie.

Hm.

Und sie, indem sie mit einer Hand an seinem Schritt reibt, ja, hm.

In dem Moment, als er ihr Höschen bis zu den Knien herunterzieht und sie es auf den Boden streift, hören sie Stimmen auf dem Gang und Schritte, die sich hastig nähern.

Beruhig dich doch, flüstert sie, als Lundrim zum Bett stürzt und im Dunkeln nach seinen Kleidern sucht.

Das ist Nikolas Stimme, flüstert er.

Da klopft es auch schon an der Tür und Nikola ruft den beiden von außen zu, ihm zu öffnen. Die beiden tappen hektisch nach den Kleidern. Helfen sich gegenseitig. Ziehen sich zitternd an. Dann eilt Lundrim zur Tür, Jeta hinterher. Kurz bevor er öffnet, greift er, ohne sich umzudrehen, nach hinten und findet ihre Hand.

Nikola ist völlig aufgelöst und beschwört Lundrim, auf der Stelle zu seinen Schwiegereltern zu fahren. Sein Sohn sei krank.

Was hat er?, schreit Lundrim.

Beeil dich, fleht Nikola.

6

Vater rast, über den Motorradtank gebeugt, die Anhöhe zum Rathaus hinauf, macht am Hauptplatz mit dem grauen Springbrunnen kehrt, drückt die Kupplung, damit die Maschine im Leerlauf die Straße zum Hafentor hinuntergleitet. Dann biegt er rechts ab und fährt durch den Torbogen der Stadtmauer, den Park vor der Tabakfabrik und vorbei an den Lebensmittelläden auf die Straße zur einstigen königlichen Residenz. Auf der Spitze des Hügels über Durrës parkt er die Maschine. Im Schatten der Bäume nähern wir uns einem Kalklöwen, der auf einer weißen Platte ruht. Mit weißen Augen wacht er über ein Wasserbecken, in dem Blätter schwimmen.

Wie kommt der Löwe hierher? Diese Frage stelle ich jedes Mal, wenn wir hier sind. Und während ich zu Vater aufblicke, der mein Misstrauen über seine Antwort unbeholfen übergeht, wird mir klar, dass er mir Erklärungen gibt, von denen er nicht einmal selber überzeugt ist. Immer wieder stelle ich meine Frage, wie um einen kleinen Triumph auszukosten, bis Vater eines Tages schließlich aufgibt und sagt: Ich habe keine Ahnung, woher dieser Löwe kommt und warum er da steht. Es wird ihn wohl jemand hier aufgestellt haben, meint er gereizt.

Aber wer hat ihn gemacht?, frage ich.

Vater zuckt mit den Achseln.

Die Römer, die das Amphitheater gebaut haben?, frage ich.

Aber nein, erwidert er in stolzer Gewissheit, das Amphitheater ist doch viel älter.

Der König, der früher hier gelebt hat? frage ich.

Nein, antwortet er rasch, der sicher nicht.

Wer dann?, rufe ich, auf das märchenhafte weiße Tier starrend.

Sie werden ihn nach dem Krieg gebaut haben, sagt Vater, er sieht noch ziemlich neu aus.

Nach dem Krieg hat man Krieger- und Arbeiterdenkmäler aufgestellt, sage ich und nehme irritiert zur Kenntnis, dass Vater mich mit einem resignierten Lächeln als besonders scharfsinnigen Jungen bezeichnet.

Und nach kurzem Zögern flüstert er mir zu: Ich werde dir jetzt ein Geheimnis verraten. Der Löwe wurde wahrscheinlich während des Krieges von den Italienern aufgestellt. Aber solltest du das weitererzählen, bekommen wir alle Ärger, deshalb vergiss es am besten gleich wieder.

Was ist daran so besonders, denke ich, auch das Haus mit den Marmortreppen, in dem die Großeltern wohnen, ist von den Italienern erbaut worden, ebenso die Bank, das Museum und viele andere Gebäude der Stadt, sogar das Rathaus. Jeder weiß das. Alle diese Gebäude unterscheiden sich deutlich von den nüchternen Bauten, welche die Kommunisten errichteten, und auch von jenen Häusern, die vor dem Krieg entstanden sind. Diese haben etwas gleichermaßen Unbeholfenes wie Funktionales, sehen ob ihres schlichten Mauerwerks alle gleich aus und spiegeln wie das Wesen von Haustieren den Charakter ihrer Bewohner wider. Aber statt Vater auf diese Weise zu antworten und zu riskieren, dass er meine besondere Intelligenz erneut in Frage stellt, antworte ich nur mit einem stummen Nicken auf seine Frage, ob ich hinaufsteigen will.

Der Löwe verharrt in seiner ruhenden Lage. Er läuft nicht davon. Ich stelle mir vor, wie es wäre, wenn er sich plötzlich von seiner Platte lösen, erheben und in Bewegung setzen würde. Ich wünsche mir, dass es so wäre und ich auf seinem mächtigen Rücken davonreiten würde. Mein erstes Ziel wäre das Loch mit dem kleinen italienischen Jungen. Tausende Arbeiter, Polizisten, Soldaten, Retter stehen herum. Alle haben, ohne es zu wissen, auf mich gewartet. Und schon wenig später breitet sich die Nachricht von der geglückten Rettung in der ganzen Stadt aus. Mein Name erschallt in den Gassen von Durrës und verdrängt die Erzählungen über die Münzen. Alle Tagesereignisse werden überschattet, in den Hintergrund gerückt, ausgeblendet von der einen großen, wunderbaren Nachricht: Erlind hat den italienischen Jungen gerettet.

Es ist eine ruhige Stimme. Als glaubte sie selber nicht, was sie da sagt, klingt sie sehr leise, kaum hörbar. Aber sie sagt die Wahrheit, die so unwahrscheinlich ist und die niemand glauben würde, hätten es nicht so viele Umstehende und Fernsehzuschauer in Italien und Durrës mit eigenen Augen gesehen: Auf einem weißen Löwen reitend ist er gekommen und hat den italienischen Jungen gerettet, flüstert die Stimme. Die Eltern des geretteten Jungen, berichtet sie noch leiser, wollen Erlind nun bei sich aufnehmen. Wollen ihm alles kaufen, was er sich wünscht.

Ich lausche den Worten. Ein eigenartiger Rausch befällt mich. Größer als mein Körper scheint er zu sein. Diesen von innen lähmend, dehnen sich Freude und Überraschung aus.

Aber darf er das?, stellt eine weit entfernte Stimme mit allzu vertrautem Klang die Gegenfrage. Diese Stimme ist noch leiser als die erste und breitet sich nicht in den Straßen der Stadt aus, sondern nur in geschlossenen Räumen. Sie ist ungleich massiver als meine Vorstellungen. Im Gegensatz zu diesen wirkt sie erschütternd unfassbar, weil der Moment, in dem sie gehört wird, derselbe ist, in dem man merkt, dass es zu spät ist, Gedachtes oder Gesagtes zurückzunehmen. Der Klang der Stimme, so gelassen er ist, hat nichts vom weichen Asphalt des Viertels, nichts vom Gras hinter den Gebäuden, nichts vom schwarzen Meer, wenn die Nacht sich über die Stadt legt. Mit der vollen Wucht eines grauenhaften Schmerzes ergreift mich dieser Klang von innen. Letztlich ist es nicht einmal ein Ergreifen, sondern eher eine Welle, die über mich hinwegrollt, mich wie den italienischen Jungen in ein Loch schleudert. Was darauf folgt, ist bis ins letzte Detail durchdacht, es verläuft planmäßig, deshalb bleibt danach alles so, als wäre nichts geschehen, als hätte es mich nie gegeben.

Ich fische Plastikflaschen mit grellen Etiketten aus dem Wasser, breite aufgeweichte Zigaretten auf den Mauern aus, die nach einigen Tagen in der Sonne wie neu aussehen, so als hätte man sie von Touristen bekommen. Ich rauche sie mit meinen Freunden unter schwarzem Himmel, um mit dem Rauch ganze Jahrzehnte zu inhalieren, fremde Welten, die weit hinter der Adria schweben, gestört nur durch den stechenden Beigeschmack von Meerwasser, den man aus dem Tabak nicht herausbekommen kann. Ich sehe mich inmitten von Glühwürmchen, Kopfstimmen, Trompetenklängen, die stundenlang die Tonleiter wiederholen, vereinzelten Schreien und Gelächter, was an das Krächzen von Truthähnen erinnert. Ich höre, wie mir jemand meinen Namen ins Gesicht schreit. Ich hebe unwillig die Lider. Die Großeltern und der Onkel sind über mich gebeugt, starren mich mit hilflosem Entsetzen an. Ich höre Großvaters Stimme: Holt seinen Vater!

Großmutter flüstert: Er wird uns vorwerfen, dass wir nicht aufgepasst haben.

Holt ihn jetzt!, schreit Großvater und eilt zum Telefon.

Ich falle zurück in die Finsternis, werde niedergedrückt von einem großen Gewicht, das mir den Atem nimmt. Ich versuche mich zu erheben. Mit aufgerissenen Augen suche ich eine Erklärung in den Gesichtern der Umstehenden. Zwischen ihnen und mir scheint jedoch eine unüberwindbare Grenze zu liegen. Viel näher ist mir der italienische Junge in seinem Loch. Auch wenn er unendlich entfernt von mir ist, teilen wir das gleiche Schicksal, sind in der gleichen Weise von der Welt abgetrennt. Er in einer italienischen Stadt, ich in Albanien. Er in einer Welt voll Farben, wo der Empfang seiner Lieblingsfernsehsender weder vom Wetter noch von der Jahreszeit abhängt, ich in Durrës, wo über die Unerreichbarkeit der Welt bloß der Fernseher hinwegtrösten kann, und das auch nur im Sommer. Wir beide sind nun vereint. Er in seiner Grube, ich in meinem Bett, nach Atem ringend, mich mühend, die Lider offen zu halten, und unfähig zu fragen, was mit mir los ist. Dunkel sei es dort unten und so tief, dass man den Grund nicht erreichen kann. Man habe es versucht. Aber dann ist der Junge noch tiefer hinabgerutscht, übersetzt mein Onkel die Nachrichten.

Was isst er?, frage ich.

Flüssigkeiten, Milch.

Kann er nur von Milch leben?

Hm.

Kann man nicht von der anderen Seite an ihn herankommen?

Sie sehen mich an, als weinten sie ohne zu wissen, dass sie es tun, während mein Vater auf mich zustürmt. Großmutter hüllt mich in eine Decke. Vater ergreift mich wortlos und eilt, mich in den Armen haltend, hinaus. Mit einem fürchterlichen Brummen, das sich sogleich in ein Gejaule verwandelt, erwidert die Maschine seinen Druck auf den Gasdrehgriff. Geruch von verbranntem Gummi steigt auf, wir zischen unter dem Torbogen der Stadtmauer hindurch, überqueren in einem Augenblick die beleuchtete Hauptstraße, folgen dem Lichtkegel des Scheinwerfers in immer tiefere Finsternis.

Wohin fahren wir?

Vater drückt mich an sich. Die kühle Luft spürend, wache ich auf und beginne wieder normal zu atmen. Aus dem Dunkel fallen uns Baumkronen an. Straßenkehrerinnen krallen sich an ihre Besen, um von uns nicht mitgerissen zu werden. Als wären sie in zerknittertes Packpapier gehüllt, starren uns ihre steinernen Augen an. Ihre grauen Laken werden vom Fahrtwind weggeblasen, während ihre Stimmen uns noch mit krächzenden Verwünschungen verfolgen.

Wir sind gleich da, höre ich ganz deutlich Vaters Stimme flüstern, trotz brummenden Motors. Statt die Frage zu wiederholen, wende ich meinen Kopf von dem diffusen Lichtkegel und dessen endlosen Kampf gegen die Nacht ab. Blicke auf zu den rauschenden Baumkronen, die ohne Unterlass über meinen Kopf hinweg sausen. Ihre Bewegung ist ungleich zarter als jene der jaulenden Maschine. Ich verfalle ihrer Machtlosigkeit, löse mich von dem Wirbel der Reifen.

Halt an, Vater, flüstere ich.

Er aber versucht noch mehr zu beschleunigen, presst mich mit dem linken Arm an seine Brust und wiederholt: Wir sind gleich da.

Aber ich will nicht weiterfahren. Ich will stehen bleiben. Strecke meine Arme nach den Baumkronen aus. Sie tanzen über mir. Heben sich in sanftem Glanz empor, hinein in eine Unendlichkeit, in der weder ich noch sonst jemand Atemnot leidet. Warum also nicht stehen bleiben?, frage ich mich und flehe Vater wieder an, stehen zu bleiben.

Er hingegen beschleunigt erneut und beteuert, dass wir gleich da sind. Aber, Vater, wohin fahren wir?, rufe ich.

Ins Krankenhaus, mein einziger Erlind.

Ich lehne mich zurück. Der Wind pfeift. Die Maschine tost. Die Straßenkehrerinnen springen schreiend in die Böschungen. Die Äste schnellen an uns vorbei wie in Watte gepackte Geschoße. Ich vergrabe mein Gesicht in Vaters Armen, um mich an den weißen Löwen am anderen Ende der Stadt zu erinnern. Es gibt Orte, die eine Art Gegengewicht zum Rest der Welt schaffen. Dort erkennt man, dass nichts auf Erden einem wirklich etwas anhaben kann. Das erfüllt einen zugleich mit Kraft und einer eigenartigen Angst, da dieses Gefühl von Unantastbarkeit auch die Vorstellung erweckt, tot zu sein.

Als wir endlich in den beleuchteten Hof vor dem Spitalsgebäude einfahren, stirbt der Motor röchelnd ab. Ich stelle keinerlei Fragen mehr; ich weiß, dass wir angekommen sind. Unter der Decke ist es warm. Die kühle Nachtluft, die plötzlich über mein Gesicht streift, wirkt auf mich beruhigend, selbst dann noch, als Vater mit mir im Arm die Treppe zum Spitalseingang hinaufläuft. Eine wuchtige Tür mit zwei großen Glasflügeln. Er schlägt gegen den weiß lackierten Holzrahmen. Doch nichts geschieht. Der Raum hinter der Tür bleibt dunkel. Vater schlägt wieder gegen die Tür, diesmal heftiger, und brüllt. Er schlägt und brüllt, bis schließlich ein großer Mann mit schütterem blonden Haar in einem langen weißen Kittel am hinteren Ende des Raums Licht macht und missmutig zum Eingang schlurft.

Machen Sie endlich auf!, schreit Vater.

Der Mann öffnet eine kleine Klappe im Türrahmen und fragt: Was wollen Sie denn?

Sind Sie Arzt?, ruft Vater. Mein Sohn bekommt keine Luft! Das ist ein Notfall!

Geht's dir gut?, fragt der Mann, indem er sich mir zuwendet.

Ja, stammle ich, verstehe aber nicht, warum er auf mich einredet und nicht Vater antwortet.

Sie Idiot!, schreit Vater.

Immer schön langsam, entgegnet der Mann. Ich bin hier der Portier.

Verschwinden Sie, brüllt Vater.

Er drückt mich an seine Brust, schwingt sich auf seine »Jawa«-Maschine und schreit dem Portier zu, der ihn durch seine Klappe stumpfsinnig lächelnd beobachtet: Öffnen Sie die Tür!

Der Mann schüttelt grinsend seinen Kopf. Vater gibt Vollgas, der Motor heult auf wie ein verwundetes Tier, Vater brüllt: Verschwinde, du Idiot! Gibt erneut Vollgas und löst so plötzlich die Kupplung, dass die Maschine mit einem einzigen Satz die

Treppe hinauf und durch die Glastür hindurch in den Eingangs-
saal hineinschießt. Schlagartig gehen alle Lichter an. Der Portier,
weiß wie sein Kittel, starrt uns entsetzt an. Dann flüchtet er in
einen dunklen Gang. Aus den Türen treten Patienten hervor.
Ihre runzligen Gesichter sind blass vor Schreck. Sie haben ein-
gefallene Wangen und graue Haare. In den Händen halten sie
kleine, durchsichtige Beutel mit Blut. Ausdruckslos glotzen sie
Vater und mich an. Ich blicke staunend um mich, geblendet
von den unzähligen Glassplittern rings umher. Vater tappt vorsichtig mit mir im Arm durch die Glasscherben vorwärts, da
taucht aus dem schmalen dunklen Gang der Portier wieder auf.
Jetzt hat er rote Backen, herausquellende funkelnde Augen und
atmet schwer. Ihm folgt eine kleine Gruppe von Männern, die
ebenfalls weiße Kittel tragen. Sie nähern sich uns, den beiden
Eindringlingen. Einer von ihnen eilt voraus, hängt sich wortlos
in den rechten Arm von Vater ein und fragt leise: Aber Lundrim,
was hast du dir dabei gedacht?!

Dann gibt er dem Rest der Gruppe, der einige Schritte entfernt stehen geblieben ist, ein beruhigendes Handzeichen.

Ich habe Angst, stammelt Vater und deutet auf mich. Er
kann nicht atmen.

Mensch, zischt der Arzt, der jetzt meine Pupillen mustert
und meine Stirn mit den Fingern zart abtastet. Hast du kein
Telefon?

Vater richtet sich auf, drückt mich noch fester an sich und
schweigt. Der Arzt ermahnt ihn, sich ruhig zu verhalten und
nichts mehr zu tun oder zu sagen. Die größte Gefahr für den
Jungen sei überstanden, Lundrim müsse nun vor allem auf sich
selbst achten. Er müsse alles tun, um zu verhindern, dass die Polizei verständigt werde, sagt der Arzt. Und bevor er geht, flüstert
er Vater noch zu: Sonst können wir den Jungen dort behandeln,
wo die Hühner Steine fressen.

Daraufhin wendet sich der Arzt an einen der Männer, die ihn begleiten: Räum bitte das alles so schnell wie möglich weg.

Der Portier steht kopfschüttelnd in einer Ecke und beobachtet aufmerksam den Arzt, der nun einen anderen Mann aus der Gruppe zur Seite genommen hat, um sich mit ihm flüsternd zu unterhalten. Nach einer kurzen Pause, in der er Vater und mich aus der Ferne eindringlich mustert, ruft er laut: Hier gibt es nichts mehr zu sehen! Alle kehren zurück in ihre Betten!

Patienten und Pfleger ziehen ab, manche torkeln schweigend, während andere verschlafen lallen. Der Arzt bringt uns in einen kleinen Raum, wo er mich untersucht und eine Panikattacke diagnostiziert.

Nichts, worum man sich ernsthaft sorgen müsse, meint der Arzt, trotzdem behalten wir ihn lieber unter Aufsicht hier. Vater fasst sich mit beiden Händen an den Kopf und folgt dem Arzt, der mich in ein Zimmer im oberen Stockwerk trägt.

7

Sie bringen Erlind zu jenem Kardiologen, der auch das Herz Enver Hoxhas untersucht. Er ist einer der Besten seines Fachs. Ein guter Freund Lundrims, dem dieser regelmäßig den Fernseher repariert. Er wirkt ruhig, kompetent und sympathisch. Erweckt den Eindruck, dass man in seiner Nähe vor jedem Übel gefeit ist. Seine Anweisungen gibt er in einem rauen Albanisch. Er betont jede Silbe. Das macht seine Sätze aber keinesfalls verständlicher. Ganz im Gegenteil verstehen die Menschen um ihn nie genau, was er ihnen sagt. Deshalb stehen sie immer für einen Moment verdutzt da. Der berühmte Kardiologe, der sehr aufmerksam ist, bemerkt das. Deutet es eher als Unzulänglichkeit seiner Umgebung. Deshalb wiederholt er geduldig das Gesagte. Das hilft seinen Patienten und Mitarbeitern aber nicht weiter. Trotzdem nicken sie ihm zustimmend zu und ziehen sich mit den Anweisungen und Ratschlägen des Doktors zurück, wohl wissend, dass es für die Krankheit einen Namen und gegen sie ein Mittel gibt, doch im Unklaren darüber, wie sie heißt oder was man dagegen tun kann. Zu Lundrim und dessen Sohn spricht der Kardiologe jedoch ganz deutlich. Er flüstert, und das gibt den beiden ein Gefühl von Geborgenheit. Seine ärztlichen Empfehlungen schließt er mit dem Satz:

Er soll Sport treiben, laufen, schwimmen, irgendetwas!

Vorher aber, ergänzt der Arzt, muss ihn ein Neurologe untersuchen. Danach verfällt er wieder in jenen Tonfall, in dem er zu seinen Mitarbeitern und Patienten üblicherweise spricht. Seine Worte wirken nun zwar nachdrücklicher, bleiben aber unverständlich.

Vater und Sohn treten hinaus auf den sonnigen Hof des Spitals in Tirana. Dort steigen sie in einen kleinen, cremefarbenen »Lada« ein, den ihnen der Kardiologe zur Verfügung gestellt hat. Ein junger Fahrer in Hemdsärmeln bringt Vater und Sohn durch die Straßen der Hauptstadt zu dem Neurologen. Dieser beachtet den Vater kaum. Kümmert sich aber sehr fürsorglich um den Sohn. In einem Raum mit grauen Gummiwänden bittet der Neurologe Erlind, auf einem einsamen Sessel neben einem piepsenden Apparat Platz zu nehmen, und spannt ein Netz über den Kopf des Jungen, um es sodann mit einem Kabel an ein Messgerät anzuschließen.

Kein Grund, Angst zu haben, sagt er in sanftem Ton zu Erlind, der zusammenzuckt, als der Arzt mit dem Zeigefinger einen roten Knopf berührt. Doch statt den Knopf zu drücken, öffnet der Arzt eine Schublade unter der Apparatur und holt ein gelbes Spielzeugauto hervor.

Das ist doch Strom, stammelt der Junge.

Ja, aber völlig harmlos, erwidert der Arzt.

Warum müssen Sie das machen?, fragt Erlind.

Das ist ganz normal, entgegnet der Arzt, der nun auf den roten Knopf drückt. Alle Kinder in deinem Alter müssen das machen. Das tut doch nicht weh, oder?

Erlind zuckt mit den Achseln und macht: Cuq.

Diese Verneinungsform, die im Albanischen verwendet wird, wo man im Deutschen das Schluss-N eines glasklaren »Nein« ausspricht, scheint immer dann verwendet zu werden, wenn man den Gesprächspartner über eine kurze Phase der Unentschlossenheit hinweg täuschen will. Im Grunde ist »Cuq« eine weitaus stärkere Verneinungsform als Nein, weil sie dem Gegenüber keine Zeit für eine Entgegnung erlaubt.

Gleich darauf durchströmt Erlinds Hirnrinde ein zärtliches Summen, das allerdings so schnell aufhört, dass er den Arzt, als dieser im Begriff ist, ihm das Netz abzunehmen, am liebsten gebeten hätte, den Vorgang zu wiederholen, damit er spüren könne, wie Strom sich wirklich anfühlt. Sogar das Spielzeugauto, das der Arzt ihm nun überlassen will, würde er lieber gegen ein weiteres Stromstreicheln eintauschen. Doch ihm fehlt der Mut, diesen Wunsch zu äußern, und er verbirgt ihn hinter einem mehrmals wiederholten, leisen:

Wozu macht man das?

Hm, brummt der Mann im weißen Kittel, ergreift Erlinds rechte Hand und führt ihn aus dem Raum, um draußen dem Vater zu erläutern, dass alles ganz normal aussähe. Aber ohne genauere Auswertungen könne man nichts Definitives sagen. Dann bringt der Fahrer die beiden zum Bahnhof.

Während der Fahrt durch Tirana hält Erlind unermüdlich Ausschau nach dem Meer, um sich daran zu orientieren. Er findet es aber nicht, weil es in der Stadt gar kein Meer gibt.

Umso begieriger starrt er später, wieder zurück in Durrës, auf die riesige Wasserfläche. Grauer Dunst lichtet sich. Eine fahle Linie trennt das Meer vom Himmel. Auf der Wasseroberfläche funkeln verstreut schwarze Splitter. Erleichtert atmet er die salzige Luft ein. Es wird aber, das weiß er, ewig dauern, bis das Meer Farbe annimmt, bis die würzige Luft warm genug ist, dass er ins Wasser gehen darf. Und auch dann noch wird seine Mutter fordern, er solle warten, bis das Frühstück verdaut sei. Dabei schwärmt sie doch immer davon, wie warm und angenehm das Meerwasser schon ganz früh am Morgen ist.

Doch jetzt stehen Mutter und Sohn am Ufer und er darf bloß bis zu den Knöcheln ins Wasser steigen. Er muss stundenlang warten – Stunden, die ihm wie Jahre vorkommen, endlose Stunden. Und dann treten allmählich aus dem Nichts die Steine ringsum der verwahrlosten Bühne des Amphitheaters hervor. Erlind denkt: Das kann doch nicht sein. Die Steine liegen doch hinter der Stadtmauer. Dort gehören sie hin. Nicht hierher, so spricht er zu den Steinen. Ich kann nicht bei euch sein und gleichzeitig am Strand stehen. Das geht nicht. Ich bin doch nur ein Mensch, habe nur einen Körper, nicht zwei. Ihr seid nur

Einbildung, seid ein Trugbild. Es ist vollkommen richtig, wenn man euch die Existenz abspricht. Aber das hilft nichts. Die Steine haben sich um Erlind versammelt, der nun mitten auf der Bühne steht und gleichzeitig vor dem Meer.

II

1

Großvater galt als jähzorniger Patriarch. Deshalb wurde in Gegenwart Fremder jedwede Auseinandersetzung mit ihm vermieden. Seine Funktion als letzte Instanz in der Familie meiner Mutter konnte weder angezweifelt noch erschüttert werden. Großmutter spielte mit. Nicht nur, weil Großvater tatsächlich jähzornig und eigentlich unberechenbar war, sondern auch, weil diese hierarchische Ordnung vor allem ihr selber am meisten diente. Sie sagte: Ich muss erst meinen Gatten fragen, wenn sie Bedenkzeit für eine Entscheidung brauchte. Statt »Nein« sagte sie auch: Das kann ich ihn doch nie fragen. Und wer sonst durfte es sich anmaßen, ihn etwas zu fragen, wenn selbst sie es nicht wagte? Auf diese Weise pflegte sie also Entscheidungen vorzugreifen, Gefälligkeiten für Menschen, die sie nicht mochte, zu vereiteln, den Lauf der Dinge im Familienkreis zu bestimmen, ohne dafür jemals die Verantwortung zu übernehmen. Zumindest nicht nach außen hin. Dass sie im Hintergrund die Fäden zog, war allen bekannt. Deshalb versuchten manche, Großmutter zu umgehen. Warteten auf einen günstigen Augenblick, um Großvater auf dem Weg zum Jagdklub abzufangen.

Die Bauern aus der Umgebung von Durrës hielten Großvater meist in der Nähe des Rathauses auf. Beladen mit Früchten, Raki und Fleisch, brachten sie ihre Anliegen vor. Wahrscheinlich nahm er sich nicht einmal Zeit, ihnen richtig zuzuhören. Er war nicht geduldig. Er entgegnete knapp, man solle die Geschenke in seine Wohnung bringen, er werde, wenn möglich, helfen. Die Bittsteller wussten, dass dies das Äußerste eines Versprechens war, das man dem Oberst, wie sie ihn nannten, abringen konnte. Dennoch nahmen sie die Mühsal des langen Wegs auf sich, um wenigstens sicherzugehen, dass er ihre Geschenke annahm und ihre Wünsche nicht vergaß.

Aber ... Herr Oberst, ruft ein Bauer.

Großvater wendet sich ihm zu und fordert den Mann auf, ihn zum Jagdklub zu begleiten.

Was hast du mitgebracht?, fragt er schroff.

Eine kleine Aufmerksamkeit, antwortet der Bauer schüchtern und lässt seinen Blick über den Platz vor dem Rathaus schweifen.

Warum verdrehst du denn den Hals wie ein Huhn?, ruft Großvater aus.

Ach, es ist nichts, Herr Oberst, stammelt der Bauer, der mit dem mächtigen alten Mann nicht so recht Schritt halten kann.

Hör endlich auf, mich so zu nennen, zischt Großvater.

Wie soll ich dich sonst nennen?

Wir sind Genossen.

Wenn du meinst, erwidert der Bauer und beginnt stockend: Mein Sohn, Herr Oberst ...

Großvater hebt schmunzelnd den Zeigefinger.

Ach, ich kann dich nicht Genosse nennen, das ist so ungewohnt ... und ich habe dann das Gefühl, ich spreche zu jemand anderem.

Sollte ich dich kennen?, fragt Großvater.

Mein Vater saß im Gefängnis von Durrës.

Wenn ich mir alle Gefangenen merken würde, fällt ihm der Oberst ins Wort, könnte ich mich doch gleich selber einliefern lassen. Woher kommt ihr denn?

Aus Spitallë, erwidert der Bauer.

Ich meine doch eure Familie, brummt Großvater.

Wir stammen aus Skraparë.

Aha, sag das doch gleich. Du bist der Sohn von Miço, dem Spieler aus Skraparë.

Eben der, Herr Oberst, du hast aber ein gutes Gedächtnis.

Der stammt doch aus meiner Gegend, so einen vergesse ich nie. Wie geht es ihm? Spielt er noch?

Jetzt trinkt er, Herr Oberst.

Das ist doch nicht so schlimm, konstatiert Großvater.

Er spielt auch noch, aber weniger als früher, gesteht der Bauer.

Gewinnt er wenigstens etwas?

Er verliert jetzt immerhin weniger. Einen Spieler, der gewinnt, gibt es nicht. Außerdem ist er schon alt.

Aha, murmelt Großvater.

Die zwei Männer bleiben hinter dem Stadttheater, das gegenüber dem Rathaus auf dem Hauptplatz liegt, stehen. Der Oberst taxiert den Bauern mehrmals gründlich von oben bis unten.

Ein Schluck Raki schadet niemandem, meint der Oberst nachdenklich. Und was das Spielen anbelangt, gib ihm einfach kein Geld.

Ach, seufzt der Bauer, als ob ich ihm Geld geben würde. Er treibt es irgendwie immer auf. Einmal verkauft er den Raki, den er selber brennt, dann verkauft er die Kleider, die ich ihm kaufe. Und die ganze Pension geht für seine Spielschulden drauf. Dabei erwartet er, dass ich ihm alles bezahle.

Er ist doch dein Vater, es ist deine Pflicht, ihn zu versorgen.

Ich, sagt der Bauer bestimmt, schulde ihm nichts.

Du musst ihm das Spielen abgewöhnen, rät Großvater.

Das hat nicht einmal das Gefängnis geschafft, seufzt der Bauer.

Deshalb war er doch nicht im Gefängnis.

Der Bauer reckt den Hals und sieht den Oberst fragend an.

Er ist gesessen, weil er seine Frau, deine Mutter, geschlagen hat, sagt der Oberst. Übrigens, wie geht es ihr?

Sie ist schon lange tot.

Aber dein Vater ..., wirft der Oberst rasch ein, wohl, um den Sohn von Miço aus den trüben Gedanken zu reißen. Dessen Blick hat sich aber nach innen gekehrt und ruht starr auf den Pflastersteinen. In seinem Blick spiegeln sich Trauer, Verzweiflung und Wut. Der Oberst ahnt nur allzu gut, was in der Seele des Bauern vor sich geht. Er bedauert es, durch alte Geschichten neue Schmerzen ausgelöst zu haben. Der Oberst legt in solchen Fällen keinen Wert auf die Wahrheit. Er ist, wie er selbst sagt, ein alter Mann.

Am liebsten würde er sich in nichts mehr einmischen. Er hat es verlernt, mit der Wahrheit umzugehen. Dafür ist ihm eine gewisse Macht geblieben. Er wittert darin etwas, das sich in sein tiefstes Inneres eingenistet hat, ohne ihm jedoch zu gehorchen. Deshalb hantiert er damit wie ein Schmuggler, der nicht möchte, dass man Schlechtes über ihn sagt. Nun kommen aber diese Menschen zu ihm. Er betrachtet das als eine Chance, mit seiner Vergangenheit als Gefängnisdirektor reinen Tisch zu machen. Er hält das für eine Möglichkeit, unter den geplagten Bauern die Idee des Kommunismus zu verteidigen. Eine Idee, an die er sich ernsthaft zu klammern scheint. Für die Familie zählt hingegen das Reale: das Fleisch, die Feigen, der frische Käse und die saftigen Orangen, die immer noch den weiten Weg von den südlichen Dörfern Albaniens zum Oberst nach Durrës finden. Seine Freunde und Bekannten schätzen die Tatsache, bei ihm immer noch den reinsten und besten Schnaps zu bekommen. Den Oberst aber lässt das Gefühl nicht los, nicht genug getan zu haben. Es ärgert ihn, wenn die Menschen etwas von ihm wollen, wenn sie um sein Gewissen herumschleichen wie hungrige Raubtiere.

Und warum? Warum, fragt er sich. Weil ich zu Miços Sohn ein Wort zu viel gesagt habe. Weil ich mich in ihre Geschichten eingemischt habe. Soll ich nun die Schuld dafür tragen, dass dieser Hund seine Frau geschlagen hat?

Qën far qëni, denkt er bei sich. Das ist der Lieblingsfluch des Obersts. Und wie er so denkt, weiß er, dass der Grund für seine aufkeimende Übelkeit nicht die Schuld für Miços Schläge ist, sondern etwas anderes. Aber so genau will er das auch nicht wissen, sonst erwischt er wieder einmal ein Glas zu viel und redet im Jagdklub von Dingen, die er lieber für sich behalten sollte.

Dein Vater, lenkt nun der Oberst ab, er hat doch auch gekämpft, oder?

Eh, stottert der Bauer. Die meisten Leute, die zu ihm kommen, haben im Zweiten Weltkrieg gegen die deutsche Besatzung gekämpft. Und dann nennt der Bauer den Namen der Einheit seines Vaters und den des Befehlshabenden.

Der Oberst will jetzt wissen, ob Miço, der spielsüchtige Säufer, auch etwas von den Offizieren aus Skraparë erzählt hat. Skraparë ist ein Nachbarort von Kaninë, dem Heimatdorf des Obersts. Eine Gegend, von der behauptet wird, es werde dort der beste Raki Albaniens produziert.

Ach, streng waren sie, Herr Oberst.

Ach, fährt der Oberst auf. Bei Miço weiß man auch nicht, was man glauben soll. Er kann schöne Geschichten erzählen, aber ...

Ich, unterbricht ihn der Bauer und wird zum ersten Mal etwas lauter, ich selber habe diese Offiziere nie lächeln gesehen.

Damals war doch Krieg, belehrt ihn Großvater.

Und der Bauer erwidert: Ja, aber auch nachher habe ich nie ein freundliches Wort von ihnen gehört, und bei Gott das kostet ja nichts ...

Bauer, ermahnt Großvater den kleinen Mann in ausgelatschten Schuhen und ausgeleierter schwarzer Hose mit strenger Miene: Achte auf deine Worte!

Aber Sie haben mich ja nach meiner Meinung gefragt, verteidigt der sich. Ich bin doch nicht stundenlang marschiert, um Ihnen irgendwelche Lügen aufzutischen.

Ich habe dich nach Miços Meinung gefragt, dich kenne ich ja nicht, erwidert der Oberst kühl, betrachtet eine Weile die Schuhe des Bauern, fixiert dessen Gesicht, schweigt und fragt dann: Also, was willst du?

Meistens kommen die Bauern zu ihm, weil ihr Kind sich um ein Studium bewerben will und eine Bestätigung braucht, dass irgendein naher Angehöriger des Kandidaten als Partisan gekämpft hat. Andere kommen, weil der Sohn in der Kooperative etwas gestohlen hat und im Gefängnis gelandet ist oder weil ihm ein Disziplinarverfahren droht. Manche kommen, weil man ihnen das letzte Stück Land, das sie sich als kleinen Nutzgarten vor ihrem Haus angelegt haben, abspenstig machen will, um eine Straße zu bauen oder irgendein Denkmal für irgendeinen Volkshelden zu errichten.

Der Oberst hat schon lange keinen direkten Einfluss mehr. Eine Zeitlang war er Gefängnisdirektor gewesen und hatte damals bisweilen etwas bewirken können. Dieser Ruf scheint in den abgelegenen Dörfern um Durrës weiterhin nachzuhallen, denn immer noch wenden sich die Leute in ihrer Verzweiflung an ihn.

Inzwischen ist Großvater mit Miços Sohn vor dem Jagdklub angekommen. Der Bauer hat ihm unterwegs erklärt, dass es um seinen Sohn geht, der in Tirana sein Geografiestudium abgeschlossen hat und nun in den Bergen des Nordens, in Bajram Curr unterrichten soll.

Er ist einer der besten seines Jahrgangs, fügt Miços Sohn hinzu. Bitte helfen Sie mir, er ist mein einziger Sohn und ich kann es nicht ertragen, dass er am Arsch der Welt landet.

Ist ja gut, du musst nicht gleich abfällig werden. Das ist ein Ort wie jeder andere.

Aber versetzen Sie sich doch in meine Lage, fleht der Bauer, was bringt mir sein Unterricht am Arsch der Welt? Ich brauche ihn bei mir zu Hause, Herr Oberst.

Mein eigener Sohn soll zu einer U-Boot-Einheit nach Pashaliman einberufen werden. Und ich kann nichts daran ändern, brummt der Oberst.

Pashaliman, entgegnet der Bauer und hebt seine Brauen, liegt doch im Süden, das ist unsere Welt, Herr Oberst, Bajram Curr aber ist im Norden, das ist nichts für uns und unsere Söhne.

Deinem Sohn, entgegnet der Oberst, wird es nicht schaden, eine neue Welt kennen zu lernen.

Was denn für eine Welt, Herr Oberst?, fragt der Bauer kopfschüttelnd.

Vorsicht, qën far qëni, zischt der Oberst und packt den Mann am Arm, das ist unsere Welt, die wir mit unseren eigenen Händen aufgebaut haben. Pashaliman wie Bajram Curr gehören zu unserem Land. Jetzt geh zurück in dein Dorf! Und nimm am besten deine Sachen gleich wieder mit. Ich will nichts von dir.

Herr Oberst, fleht der Bauer. Nimm wenigstens das Fleisch, sonst wird es verderben.

Großvater blickt ihn nachdenklich an und zieht ihn am Ärmel um eine Ecke, wo niemand die beiden beobachten kann.

Der Bauer murmelt nur: So ein schönes Lamm ...

Aber ich habe doch nichts in der Hand, sagt der Oberst, was soll ich tun? Ich bin ein alter Mann und bereits in Pension.

Ich weiß, Herr Oberst, die Zeiten haben sich geändert ...

Hör zu, qën far qëni, sagt Großvater und richtet sich auf. Nichts hat sich geändert, nur der Wille der Partei geschieht, und der ist viel wichtiger als unsere Wünsche und Erwartungen, ja als alle Menschen überhaupt. Nur so werden wir ständig voranschreiten können. Vergiss das nicht.

Ja, ja, Herr Oberst, lallt der Bauer.

Was ist das für ein Raki?, will der Oberst nun wissen.

Ball kazani, preist der Bauer sein kristallen funkelndes Getränk an und meint damit, dass die Flasche, die er dem Oberst mitgebracht hat, mit den ersten Tropfen aus dem Destillierkessel gefüllt ist, sodass der Raki nicht nur besonders rein ist, sondern auch den höchsten Alkoholgehalt hat.

Aus Skraparë?, fragt der Oberst.

Noch besser, erwidert der Bauer gelassen. Miço hat den Schnaps selber gebrannt, mit Trauben, die man ihm aus Skraparë gebracht hat. Er selber ist vor dem Kessel gesessen, und als er die erste Flasche gefüllt hat, hat er gesagt, diese Flasche ist für den Oberst. So hat er das gesagt. Dann hat er mir die Flasche in die Hand gedrückt, damit ich sie vor ihm verstecke.

Ach was, lächelt der Oberst. Lüg doch nicht so unverschämt, Sohn von Miço!

Ich schwöre bei meinem Augenlicht, beim Leben meines Sohnes, der meine einzige Hoffnung ist. Auf der Stelle will ich tot umfallen und nie wieder den Weg nach Hause zurückfinden, wenn ich gelogen haben sollte.

Halt doch den Mund, ruft der Oberst. Du bist ja schlimmer als eine Hexe.

Und nach einer kurzen Pause, in der er angestrengt nachdenkt, fragt er unvermittelt: Hungert ihr?

Wir wissen, dass es für einen guten Zweck ist, erwidert der Bauer. Aber es ist knapp, das wissen Sie doch auch.

Das ist es überall, meint der Oberst, der jetzt den Stoffsack mit dem Fleisch packt, dessen Gewicht abzuschätzen versucht und schließlich befiehlt: Bring das in meine Wohnung. Meine Frau wird sich die Sache anhören und mir dann die Einzelheiten mitteilen.

Danke, danke, stammelt der Bauer.

Vielleicht lässt sich da doch etwas machen, aber ich kann dir nichts versprechen. Komm nächste Woche wieder vorbei. Dann weiß ich es.

Der Bauer segnet den Oberst und dankt ihm noch einmal mit unterwürfiger Stimme. Dieser aber entgegnet ruppig: Geh jetzt, und nimm dich in acht, dass du nicht zu viel redest ...

Ich weiß immer, mit wem ich rede, beteuert der Bauer, verbeugt und bedankt sich erneut, indem er die Hände des Obersts drückt.

Und bring nächstes Mal nichts mit, hörst du?, befiehlt der Oberst. Meinetwegen braucht ihr weder ein Lamm schlachten noch Schnaps brennen. Wenn ich helfen kann, werde ich das tun, und wenn nicht ...

Aber das kommt doch von Herzen, erwidert der Bauer, einem Mann wie dir macht man doch nur aus vollem Herzen ein Geschenk. Danke, danke!

Dann bring mir eine Flasche Raki. Wenn er wirklich so gut ist, wie du sagst, reicht das ja. Jetzt verschwinde, ruft Großvater und tritt hinaus auf die Straße, die zum Jagdklub führt.

Er ist der Vorsitzende dieses Klubs. Niemand hat ihn zu dieser Funktion gezwungen. Ganz im Gegenteil. Er erzählt von den Sitzungen, die im Klub stattfinden, in einem Ton, der den Eindruck hinterlässt, er freue sich darüber, dass man ihn mit dieser Funktion betraut hat. Und wenn seine Freunde manchmal Jagdgeschichten erzählen, unterbricht er sie nie, sondern lächelt still vor sich hin. Er ist offenbar stolz darauf, dass man ihn zum Vorsitzenden des Jagdklubs ernannt hat, und vor allem, dass dies keineswegs aus Gefälligkeit geschehen ist. Denn die Jagdgeschichten, die man in der Großelternwohnung mitbekommt, laufen meistens darauf hinaus zu bestätigen, was für ein vortrefflicher und stets ruhiger Jäger Großvater ist. Dazu kommt, dass diese Position dem Oberst auch noch in der Pension ein beträchtliches Ansehen verschafft. Die Mitglieder des Klubs sind vorwiegend Kommunisten, die vor ihrer Pensionierung mit wichtigen Aufgaben betraut waren und sich bemüht haben, ihre Kinder in privilegierten Positionen unterzubringen.

Als der Oberst das halbdunkle Lokal betritt, versammeln sich sofort seine Freunde um ihn und bedrängen ihn mit Fragen, wie es dem Jungen gehe. Die Nachricht von der nächtlichen Fahrt des Vaters mit dem Kind hat sich bereits herumgesprochen. Großvaters Antworten sind einsilbig. Er sagt, dass es seinem

Enkel schon besser geht und dass man sich noch nicht erklären kann, was geschehen ist.

Jemand wirft das Wort Asthma in die Runde. Großvater verzieht den Mund und erwidert, dass der Arzt in Durrës nichts dergleichen festgestellt hat.

Die haben doch keine Ahnung, ruft einer aus.

Schick ihn doch nach Tirana ins Spital, rät ein Zweiter.

Ja, ins Heeresspital, meint ein Dritter.

Ach was denn, entgegnet eine weitere Stimme. Das allgemeine Krankenhaus in Tirana hat die besseren Ärzte.

Aber das Heeresspital ist sauberer.

Quatsch, wirft wieder ein anderer ein. Holt einfach Doktor Kauri, er ist der Einzige, der helfen kann.

Nun werden etliche Fälle aufgerollt, in denen Doktor Kauri nachweislich geholfen hat, während die Ärzte in Tirana völlig überfordert gewesen seien und überhaupt keine Ahnung gehabt hätten, wie man die betreffende Krankheit behandeln sollte.

Ja, resümiert der, welcher das Spital von Tirana vorgeschlagen hat, sie kennen zwar die Namen aller Krankheiten, wissen aber nicht, wie sie einen gesund machen sollen. Doktor Kauri sagt nicht einmal, wie die Krankheit heißt, sondern nur, wie man sie los wird.

Der Vater des Jungen ist mit den besten Ärzten in Tirana befreundet, erklärt der Oberst.

Das sind alles Grünschnäbel, ruft eine Stimme aus dem Halbdunkel. Sie wissen nur, was in ihren blöden Büchern steht.

Doktor Kauri schaut sich den Jungen heute noch an, verkündet der Oberst. Und jetzt lasst uns an die Arbeit gehen.

Lilo, Freund und Nachbar des Obersts, ebenfalls Mitglied des Jagdklubs, ist bei der ganzen Unterhaltung anwesend. Einem ungeschriebenen Gesetz gehorchend, hat Lilo aber kein Wort gesagt. Denn er gehört dem engeren Bekanntenkreis der Familie an. Es geziemt sich nicht für ihn, bei einer sozusagen öffentlichen Unterhaltung über das persönliche Befinden eines Familienmitglieds Fragen zu stellen oder seine eigene Meinung zu äußern.

Und während die Sonne auf die Stadt herabbrennt und die Pensionisten im Klublokal neben dem Landesgerichtsgebäude am frühen Nachmittag die aktuellen Reden und Bücher Enver Hoxhas analysieren, um sich anschließend der Organisation von Jagdausflügen, neuen forstwirtschaftlichen Verordnungen oder anderen Geschäften des Klubs zu widmen, bietet Lilos Verschwiegenheit dem Oberst einen gewissen Rückhalt. Einen Rückhalt, der für den Oberst unentbehrlich ist. Lilo ist nämlich vielleicht sogar der Einzige, der es dem Oberst schwer macht, vorzugeben, er glaube an das, was er in der Öffentlichkeit sagt, so bedingungslos, wie er tut. Das wiederum erinnert den Oberst an jenen Teil seines Wesens, der nicht so recht weiß, ob er selbst an das glaubt, was sein Mund da über die Arbeiterpartei und Enver Hoxha spricht. Erst durch diesen Zwiespalt kann der Oberst bei den Sitzungen des Jagdklubs die kommunistischen Lehren der Partei so hoch halten, als stünden sie in vollem Einklang mit seinem Gewissen.

Als der Oberst und sein Freund Lilo nach Hause kommen, fängt Lilos Frau die beiden im Treppenhaus ab und fragt den Oberst, wie es um den Jungen steht. Der Oberst berichtet mit wenigen Worten über den Zustand seines Enkels. Er versichert, dass es Erlind schon viel besser gehe, und klingelt an seiner Wohnungstür. Großmutter teilt der Nachbarin später dann die Einzelheiten mit. Was die Ursache gewesen sei, könne man noch nicht sagen. Der Schwiegersohn werde den Jungen in den nächsten Tagen ins Spital nach Tirana bringen, denn die Ärzte in Durrës haben nichts feststellen können.

Doch da fällt Großmutter plötzlich ein, dass sie Details über ihre Familie eigentlich nur ungern preisgibt, und deshalb schließt sie ihre Rede abrupt: Er ist gesund, ja kerngesund ist er. Eine Aussage, die völlig im Einklang mit ihrer Gewohnheit steht, zu übermäßig neugierigen Menschen, wie die Nachbarin ihrer Meinung nach einer ist, stets das Gegenteil von dem zu sagen, was der Fall ist.

Das freut mich, beteuert die Nachbarin teilnahmsvoll. Ich habe mir Sorgen gemacht.

Ach, sagt die Großmutter. Schönen Abend.

Dir auch. Und dann steigt Lilos Frau die paar Stufen hinab auf den kleinen Platz vor dem Haus, verzieht dabei ein wenig den Mund und macht sich auf den Weg zu den Lebensmittelgeschäften gegenüber der Stadtmauer.

Was die alles wissen wollen, nuschelt Großmutter, während sie ihrem auf dem Sofa liegenden Enkel die Haare aus der Stirn streicht.

2

Der Geruch von gewaschenem Gemüse wird von dem gerösteter Zwiebel und brutzelnden Fleisches verdrängt. Großmutter schneidet die Stiele der Okraschoten ab, rasiert mit der Messerklinge den schwarzen Flaum an den Rändern und wirft die gereinigten Schoten nacheinander in einen Topf mit Wasser, um sie nun schon zum zweiten oder dritten Mal zu waschen. Zwischendurch richtet sie an den Oberst Fragen über seine Freunde aus dem Jagdklub. Allein schon deren Namen rufen in der Fantasie des Enkelkindes Bilder gesetzter Männer hervor, die Mützen oder Hüte und graue Anzüge tragen. Diese Gestalten haben ernste Gesichter und die Hände hinterm Rücken verschränkt, schreiten gelassen über die Straße zur Stadtmauer, gehen ihren alltäglichen Besorgungen nach, machen Spaziergänge im »Giro«, allein oder zu zweit, versunken in Gesprächen, die kein Ende zu nehmen scheinen, in Gesprächen, die sie stets an jenen Stellen fortsetzen, an welchen sie am Vortag unterbrochen wurden. Sie sprechen, denkt das Kind, über Heldentaten, die sie oder ihre Freunde während des Krieges oder später vollbracht haben, über Ideen, die sie verwirklichen wollten; oder sie unterhalten sich über ihre Kinder, über deren Zukunft, über die Kinder der Kinder und die Kinder von Freunden und schließlich über das Leben im Allgemeinen oder einfach über das Wetter; wahrscheinlich über all das zusammen, außer über Politik. Dieses Thema verlässt die Sitzungsräume der Bezirksräte nie, wird, ehe es auf die Straße gelangen könnte, von den dunklen, schweren Vorhängen des Jagdklubs abgefangen.

In der Vorstellung des Kindes bilden alle diese Männer eine undurchdringliche Masse, in der es keinen Platz für ein Individuum gibt, wo Geschichten derart ineinander verwoben sind und immer weitergesponnen werden, dass es unmöglich ist, sie nachzuvollziehen. Und während das Kind diese Männer beobachtet, ohne sie wirklich zu erkennen, bekommt es eine leise Ahnung davon, dass alle Schritte, die diese Männer als Bestandteil der Masse, in der sie sich auflösen, setzen, bloß in eine Richtung führen, und dass sie ihre Worte so weit weg tragen, dass dem Kind klar wird: Sollte es einmal bereit sein, sie wirklich hören zu wollen, sollte es einmal bereit sein, sie dann auch deuten zu wollen, würde es bloß erkennen, dass die Worte dieser Männer mit Mützen und Filzhüten für immer verschwunden, auf immer verloren und verstummt wären. Und mit dem Inhalt der Gespräche geht der eigene Großvater in dieser Masse auf. Manchmal muss er dafür nicht einmal das Haus verlassen, braucht sich nicht einmal in der Garderobe im Vorraum auf einen Spaziergang vorzubereiten, indem er sein schütteres, weißes Haar mit seinem Hut bedeckt. Manchmal braucht man ihn bloß anzusehen, um das zu erkennen.

Großmutter zählt die Namen der Jagdklubfreunde auf, während sie das nasse Gemüse in eine salzige Brühe mit Zwiebeln, Fleisch, Tomatenwürfeln und Tomatenmark wirft und dann alles mit einem hölzernen Löffel umrührt.

Letztlich fällt auch ein bekannter Name, hinter dem sich der Enkel ein Gesicht vorstellen kann.

Hast du Lilo gebeten, dass er mit seinem Sohn spricht?, fragt sie. Lilos Sohn, der die Militärakademie besucht hat, ist Direktor der Stadtpolizei.

Ich bin nicht dazugekommen, erwidert Großvater. Es war ständig jemand um mich herum.

Konntest du ihn nicht auf die Seite nehmen?, fragt sie.

Das wäre doch aufgefallen, murrt er.

Wenn Lundrim eine Anzeige bekommt, ist es zu spät, fällt sie ihm ins Wort.

Das würde mich nicht weiter stören.

Pst, zischt sie. Nicht vor dem Jungen.

Mach dir keine Sorgen, lenkt der Oberst ein. Ich werde mit ihm später Kaffee trinken, dann kann ich mich ungestört mit ihm unterhalten.

Tatsächlich fällt es dem Oberst schwer, Lilo um etwas zu bitten. So gern er die Bitten anderer Menschen entgegennimmt, so viel Widerwillen hat er, selber als Bittsteller aufzutreten. Es macht ihm zwar nichts aus, die Bitten fremder Leute an die Mitglieder des Jagdklubs heranzutragen, aber einen seiner Freunde um einen Gefallen für sich selbst zu ersuchen, scheint ihm etwas ganz anderes zu sein. In gewisser Weise käme das einer Kapitulation gleich. Wäre ein offenkundiges Eingeständnis, dass seine Zeit abgelaufen ist.

Eigentlich ist der Oberst kein Mann, der sich ausgiebig den Kopf zerbricht. Er erledigt alles, was er erledigen kann, und kann er etwas nicht erledigen, betrinkt er sich, regt sich auf, wird laut, wirft ein Glas oder einen Teller an die Wand. Doch nur einen Tag später scheint er die Kränkung völlig verkraftet und vergessen zu haben.

Das aber ist eine Ausnahmesituation, und er hat allen Grund zu zögern. Ihn plagen tiefe Zweifel, weil er Lilos Reaktion nicht im Voraus einschätzen kann. Sich an Lilo mit einer Bitte zu wenden und dann hinter dessen Brille nach einer Regung der linken Iris suchen zu müssen, während die rechte verborgen hinter einem blinden Glas liegt, das allein bringt, wenn er daran denkt, den Oberst in Rage. Wenn es nicht um den eigenen Schwiegersohn geht, sagt der Oberst zu seinem Freund meistens:

Mach das! Oder: Sag das einfach weiter! Wobei er sich eines knappen Befehlstons bedient, den er sich für den Umgang mit dem Rest der Welt, der nicht zu seiner Familie gehört, zurechtgelegt hat. Menschen, bei denen er diesen Ton nicht anschlagen kann oder darf, mag der Oberst nicht. Er versucht ihre Gesellschaft zu meiden. Es sei denn, er hat irgendwann maßgeblich dazu beigetragen, dass diese Personen zu den Posten, die sie jetzt innehaben, gekommen sind, wodurch er sich auf deren daraus erwachsende lebenslange Verpflichtung verlassen kann. Ähnlich verhält es sich mit der Karriere von Lilos Sohn, dem der Oberst den Einstig in die Sicherheitsorgane der Stadt ermöglicht hat. Doch Lilo scheint sich daran nicht mehr zu erinnern oder der Hilfe des Obersts keine Bedeutung mehr zuzumessen. Darüber hat der Oberst Jahre lang hinweggesehen, doch nun empört es ihn umso heftiger, dass es für ihn keinen anderen Weg gibt, seinem Schwiegersohn zu helfen, als sich durch Lilo an den Polizeidirektor zu wenden und gleichzeitig wissen zu müssen, dass er mit seinem Befehlston dabei kaum etwas erreichen wird. Er weiß, dass er Lilo fragen, dass er ihn sogar bitten muss, mit seinem Polizeidirektor-Sohn zu sprechen. Eben solche Exklusivität, die er dem Freund dank seines Schwiegersohns einräumen muss, würde er gerne um jeden Preis vermeiden, nur um eben diesen einen nicht, den seine über alles geliebte Ellen nun zu bezahlen haben wird.

Dann ruf ihn gleich an, sagt jetzt seine Frau.

Wozu?, fragt der Oberst.

Um dich mit ihm zu verabreden, antwortet sie.

Hab ich ja schon, schreit der Oberst. Jetzt lass mich endlich in Ruhe.

Mach ich ja schon, flüstert sie aus einer Wolke unzähliger Handgriffe heraus, die sich geräuschlos aneinanderreihen.

Okraschoten brechen in der Mundhöhle in schleimigen Fasern auseinander und gleichzeitig kratzen ihre Stoppeln am Gaumen, sodass man das Gefühl hat, etwas Lebendiges oder Rohes zu verzehren. Erlind will nur von dem Fleisch im Eintopf kosten.

In der indischen Küche, erklärt der Onkel, wird Okra als Curry zubereitet und man spürt dann nichts von den Härchen.

Ich, sagt Großmutter kauend, finde das falsch, denn das Besondere an Okra sind die Härchen.

Ja, entgegnet der Onkel, auf Erlinds Teller schielend, aber appetitlicher sind sie mit Härchen wohl kaum.

Erlind ergreift die Gelegenheit, seinen Teller von sich zu schieben.

Magst du nicht mehr?, fragt der Onkel.

Erlind: Cuq.

Großvater mürrisch: Woher weißt du so viel von den Essgewohnheiten der Inder?

Großmutter gibt dem Onkel durch ein Zeichen zu verstehen, dass es besser für ihn wäre, sich einer Diskussion, die möglicherweise ausarten könnte, zu entziehen.

Ist schon gut, Ma', meint der Onkel beruhigend und flüstert seinem Vater zu, er habe das alles in einer italienischen Fernsehdokumentation über Indien aufgeschnappt.

Vielleicht wäre es gar nicht so schlecht für dich, einmal zu erleben, wie man in Bajram Curr Okracurry zubereitet, mein Sohn, wirft da der Vater ein, der sich darüber freut, dass ihm der Name der entlegenen Ortschaft zu einer derart passenden Gelegenheit eingefallen ist.

Iss, sagt Großmutter zu Erlind. Der hat den Löffel in den Teller fallen lassen und schüttelt den Kopf.

Iss doch!

Ich bin schon satt.

Sie entgegnet, dass er den Eintopf noch nicht einmal angerührt hat.

Ich habe das ganze Fleisch gegessen, antwortet er.

Sie blickt prüfend in seinen Teller und murmelt, dass man von Fleisch allein nicht leben kann.

Ich finde Okra eklig. Das weißt du doch, erklärt Erlind.

Ja, ruft sie, was soll ich denn sonst kochen?

Du kannst ja gerne Okra kochen, meint Erlind, aber ich kann es nicht essen.

Das hast du aber gut gemacht, fährt Großvater den Onkel an.

Was habe ich damit zu tun?, fragt dieser.

Du hast ihm den Appetit verdorben, sagt Großmutter.

Woher soll ich wissen, dass er ein Problem mit Okra hat?, verteidigt sich der Onkel.

Er hat ja keines, erwidert Großmutter, erst du und dein Gerede über indische Küche haben ihn überhaupt drauf gebracht, Okra nicht zu mögen.

Ich habe Okra schon vorher nicht gemocht, nimmt Erlind den Onkel in Schutz.

Was magst du denn?, fragt der Onkel.

Fleisch finde ich gut, antwortet Erlind, woraufhin Großmutter eine Portion Fleisch von ihrem Teller mit der Gabel auf Erlinds Teller befördert.

Dann iss das auf!, befiehlt sie.

Erlind schaut sie verwundert an, zögert eine Weile, dann ruft er: Onkel!

Ja, was ist?

Was ist Curry?

Brei, erwidert der Onkel kauend.

Das ist ja noch ekliger, sagt der Neffe.

Der Onkel: Meinst du?

3

Doktor Kauri drückt sanft Erlinds Schultern und Gelenke, legt seine Stirn in Falten und kräuselt mit dem rechten Zeigefinger seine Schläfenhaare. Er untersucht die Zunge des Patienten, klopft dessen Brustkorb ab, während er die kalte Muschel seines Hörrohrs an verschiedene Stellen der bloßen Brust setzt, um schließlich kopfschüttelnd zu konstatieren, dass der Junge einfach nur schwach ist. Daraufhin beginnt er unvermittelt sich über die Nase des anderen Großvaters des Jungen auszulassen: Er findet, dass dessen Nase auf einen verschlagenen Geschäftsmann ohne Skrupel schließen lässt, der sicherlich nicht so arm ist, wie er immer tut, und sein Geld tief in der Erde vergraben hat, um es vor aller Welt zu verstecken.

Er ist ein alter Fuchs, mein Lieber, fährt der Arzt fort, während er seinen Patienten nicht aus den Augen lässt.

Der Oberst verfolgt starr und stumm die Handlungen des Doktors und fragt plötzlich: Was können wir tun?

Und da der Arzt ohne zu antworten seine Untersuchung fortsetzt, wiederholt der Oberst, diesmal lauter, seine Frage: Was können wir für den Jungen tun, Doktor?

Er braucht, antwortet der Arzt nach einer längeren Pause, eine Luftveränderung.

Und sonst?, fragt Großvater.

Sonst nichts. Fahr mit ihm nach Kaninë, dort wird er sich erholen. Das braucht er. Frische Bergluft und gutes Essen. Er soll viel Fleisch essen ...

Er isst ja nur Fleisch, unterbricht der Onkel Doktor Kauri.

Das ist auch gut so, denn sein Körper entwickelt sich gerade, sagt der Arzt und fügt hinzu: Am besten ist es, ihr gebt ihm Fleischbrühe. Dann bekommt er alle wichtigen Nährstoffe, die er braucht. Also viele Früchte und Fleisch, dann bekommt er die

Vitamine und Proteine, die er für seine Entwicklung braucht, wiederholt der Arzt, der sich jetzt von seinem jungen Patienten abwendet, um erneut über den abwesenden Großvater herzuziehen. Doch da steht schon der Oberst auf und ruft Doktor Kauri zu: Danke für deinen Besuch, ich schulde dir etwas. Und jetzt geh bitte, es ist schon spät.

Ja, entgegnet der Arzt, der unter dem ausholenden Arm des Obersts plötzlich sonderbar klein wirkt und durch die Küchentür in den Flur flüchtet.

Es ist schon spät, meint er abgehend. Und ich wollte zuhause sein, bevor es dunkel ist.

Siehst du, ruft ihm der Oberst nach. Höchste Zeit zu gehen.

Die Großeltern begleiten Doktor Kauri bis zur Wohnungstür, wobei Großvater ihm mehrmals einschärft, dass er jetzt endlich gehen solle. Großmutter bedankt sich und schickt Grüße an die Frau Doktor.

Darüber belustigt, dass sein Vater Doktor Kauri ohne weitere Umstände hinausschmeißt, schaltet der Onkel schnell den Fernsehapparat ein. In Gedanken offenbar noch bei dem eben verabschiedeten Gast, kommt der Oberst zurück und flüstert zwei, drei Mal seinen Lieblingsfluch vor sich hin, während er sich auf das Sofa niederlässt. Dann wendet er sich dem Fernseher zu, in dem gerade ein Film über den Partisanenkrieg Albaniens gegen die deutsche Besatzung während des Zweiten Weltkriegs gezeigt wird. Großmutter, auf ihrem Sessel zwischen dem Herd und dem Fenster sitzend, wirkt wie entrückt. Sie löst sich beinahe in ihrer Umgebung auf. Sie reinigt Reis und Bohnen von Steinchen und Schmutz. Bereitet die Zutaten für das morgige Mittagessen vor. Das alles geschieht nebenbei und ohne Geräusche, außer dem leisen Knarren ihres Sessels, wenn sie aufsteht, um etwas zu holen oder abzustellen. Eigentlich müsste sie das alles gar nicht tun. Doch sie will, wie sie oftmals betont, ihre Hände in Beschäftigung halten, während Erlind, der Onkel und Großvater wie hypnotisiert von ihren Bewegungen, die die Küche ausfüllen, auf den Bildschirm starren. Heute Abend bleibt sie nach getaner Arbeit vor dem gesäuberten Reishaufen sitzen. Sie schaut eine Weile nachdenklich den Film an und flüstert dann: Jetzt rufen sie ständig vorwärts und sind mutig geworden.

Schweig, zischt der Oberst von seinem Sofa aus.

Großmutter antwortet wie zu sich selbst: In meinen eigenen vier Wänden lasse ich mir den Mund nicht verbieten.

Wirst du wohl schweigen, flucht der Oberst.

Keine Sorge, es hört ja niemand, entgegnet sie und bleibt gehorsam schweigend vor dem Reishaufen sitzen. Bis sie aufs Neue zu reden beginnt, diesmal an ihren Mann gewandt: Sag doch selber, wer war denn damals wirklich so schlau, wie sie es jetzt zeigen?

Halt doch endlich den Mund, murrt der Oberst.

Aber jetzt tun sie so, als wären die Deutschen Idioten gewesen, denen der dümmste Bauer alles Mögliche vormachen konnte, sagt sie.

Wäre es so gewesen, wirft der Onkel ein, hätten sie nicht die halbe Welt erobert.

Genug, schreit der Oberst und klopft wuchtig auf die Armlehne des Sofas.

Verschwind in dein Zimmer, befiehlt er dem Onkel. Und du, wendet er sich dann zu seiner Frau, halt endlich den Mund.

Der Onkel steht auf und geht in sein Zimmer. So kann man sich doch keinen Film ansehen, klagt er.

Gute Nacht, wünscht Großmutter und wendet sich an ihren Enkel: Vielleicht hat man das mit den schmierigen Italienern so gemacht. Die hatten wirklich keinen Anstand. Die Deutschen hingegen waren mutig und korrekt. Das waren richtige Soldaten und wussten immer, wie sie sich verhalten mussten.

Der Oberst hüstelt und murmelt: Qën far qëni. Doch Großmutter lässt sich nun nicht mehr einschüchtern: Ich sage es ja
nur dem Jungen, und der wird es sicher für sich behalten, beruhigt sie den Oberst und setzt ihre Erzählung fort, während auf
dem Bildschirm ein Partisan einen Abhang hinunterrennt und
die Deutschen aus Maschinengewehren Unmengen von Muni-
tion auf seine Brust abfeuern.

Wenn sie in die Dörfer kamen, erzählt Großmutter, haben
wir alle wie Espenlaub gezittert, und eigentlich am meisten
jene, die sich heute als Helden feiern lassen. Die Soldaten waren
schweigsam und diszipliniert, sie haben uns nicht einmal wahr-
genommen, weder haben sie mit uns gesprochen noch haben sie
uns angesehen. Was für eine Ordnung die hatten! Kamen, steck-
ten die Häuser in Brand, und während keiner von uns irgendetwas anderes im Sinn hatte, als den eigenen Kopf zu retten, standen sie schon wieder in Reih und Glied und zogen weiter. Wir
hatten noch nicht einmal unsere paar Habseligkeiten aus den
Flammen gerettet, da sahen wir schon, wie über dem Nachbar-
dorf Rauchwolken in den Himmel stiegen. An einem einzigen
Tag konnten die Deutschen vier, fünf Dörfer in Brand stecken,
ohne einem einzigen Menschen auch nur ein Haar zu krümmen.
Aber die Flammen waren schlimm, schließt sie kopfschüttelnd.
Immer aus dem brennenden Haus flüchten, mit den Kindern im
Arm. Erlind nutzt die Gelegenheit und fragt den Oberst:

Opa, wie viele Deutsche hast du getötet?

Der stellt sich taub, auch dann, als seine Frau ihn auffor-
dert:

Komm schon, antworte dem Kleinen!

Der Oberst murrt bloß: Bin ich etwa den Kugeln nachgelaufen?

Im Kindergarten hat Erlind den Erzählungen eines Veteranen
über den Krieg Albaniens gegen Nazideutschland aufmerksam
gelauscht. Kleine Partisaneneinheiten, hatte der alte Kämpfer er-

zählt, eingekesselt in den Bergen und sich nur von Oliven ernährend, hätten ganze deutsche Brigaden in die Flucht geschlagen. Befreiungskrieg, Heldentaten, Oliven und andere Bestandteile der Erzählung erinnern Erlind an seinen Großvater. Auch der war in den Krieg gezogen. Seine Familie besaß einige Olivenhaine in der Umgebung von Vlorë und hatte früher einmal ein großes Grundstück in Kaninë besessen.

Großvater sieht erhaben und ernst aus, wie einer, der all das, was der Kriegsveteran den Kindern schildert, tatsächlich selbst erlebt hat. Deshalb wirft sich Erlind, als er aus dem Kindergarten heimkommt, dem Großvater um den Hals und fragt begeistert: Opa, wie viele Deutsche hast du getötet?

Der Oberst löst sich langsam aus der Umarmung und schweigt, als hätte er die Frage nicht gehört.

NACHT

Draußen wütet das Meer. Als würden die Wellen unter dem Balkon gegen die Hausmauer krachen. Als würden sie den Feigenbaum im Nachbargarten aus der Erde reißen wollen. Das Geäst der riesigen Krone knirscht, die Blätter flattern hin und her im pfeifenden Sturm.

Kurz denke ich an einen skandinavischen Film, der sich mir nur deshalb eingeprägt hat, weil ich ihn gar nicht verstand. Eine Familie war gefangen in ihrem Haus und kämpfte gegen Überschwemmung, Feuer und Sturm ums Überleben. Hin und wieder gelang es der Familie, durch einen Spalt ins Freie zu lugen. Aber eine Tür oder ein Fenster zu öffnen, um zu flüchten, war unmöglich. An der Kellertür entdeckten die Eingeschlossenen plötzlich ein Zeichen, hinter dem sie eine Erklärung für ihre schreckliche Situation vermuteten. Und jedes Mal, wenn sie dieses wieder erblickten, wuchs ihre Vermutung, dass es mit ihrer Gefangenschaft zusammenhing. Der Vater stellte sich vor die dichten Vorhänge beim Fenster und begann wie ein Wahnsinniger zu schreien und um Hilfe zu flehen, bis er schließlich erschöpft nur mehr stumm vor sich hinstarrte.

Als Großmutter ihre Nachttischlampe einschaltet, entdecke ich vor der Balkontür Großvater, der wie der Mann in jenem Film hinaus in die Nacht starrt. Sie ruft seinen Namen. Er verharrt regungslos. Sie ruft noch einmal und fragt:

Was machst du da?

Schlaf, antwortet er.

Was ist geschehen?, fragt sie.

Er dreht sich zu ihr um und flüstert: Es ist stürmisch.

Das sehe ich, sagt sie, und weiter?

Er murmelt Wörter, die mit Sicherheit irgendeinen Sinn enthalten. Seine Stimme ist jedoch weit entfernt, hinter Tausenden von Blättern, die um die Wette schreien, und hinter unablässig vom Sturm gepeitschten Wogen.

4

Am nächsten Morgen eilt Großvater von einem Zimmer ins andere. Er sucht jemanden, den er »Qën far qëni« schimpfen kann. Brüllend droht er, den Gesuchten selbst am Ende der Welt aufzuspüren, um ihn dann mit seinem Gürtel auszupeitschen. Großmutter läuft händeringend hinter ihm her.

Bitte, schrei nicht so, fleht sie, während sie in den Zimmern, die er durchsucht, alle Fenster schließt.

Das ganze Viertel kann dich hören, beruhige dich doch, bittet sie.

Sollen sie mich doch hören, schreit er. Sollen sie doch alles mitbekommen, was dieser qën far qëni sich erlaubt.

Beruhige dich, beschwichtigt sie ihn. Er wird sicher gleich nach Hause kommen.

Woher willst du das wissen? Weißt du etwa, wohin er verschwunden ist?, brüllt er und knallt die Tür zu.

Ich kenne ihn doch, entgegnet sie ruhig. Spätestens zum Mittagessen ist er wieder da.

Ich trete aus dem Schlafzimmer, nähere mich Großmutter und frage, was geschehen ist.

Was soll geschehen sein, sagt sie mit übertriebenem Gleichmut, als könne sie damit die Aufregung ihres Mannes überspielen. Geh zurück ins Schlafzimmer und warte dort. Es ist nichts passiert.

Für einen Moment denke ich, Großvater ist verrückt geworden. Das macht mich traurig. Selbst wenn ich weiterhin meine Eltern und meine Schwester, Großmutter und meinen Onkel habe: Die Vorstellung, dass Großvater verrückt ist, erweckt in mir ein schreckliches Gefühl von Einsamkeit. Mir ist jetzt, als hätte ich die Anzeichen dafür schon früher bemerkt. Ich denke an seine ruppige Art, Gäste zu verabschieden. Sie regelrecht hinauszuschmeißen, wenn ihm der Geduldsfaden reißt, weil sie seiner Meinung nach länger bleiben, als sie sollen.

Ich frage Mutter, warum er das macht. Sie meint nur, dass ihm das keiner übelnimmt. Aber selbst mir ist das peinlich. Und als sie mir weismachen will, dass die Gäste sich von Großvaters Verhalten keineswegs beleidigt fühlen, beginne ich sogar zu glauben, dass es doch etwas geben muss, das ihm das Recht gibt, sich über die wichtigsten Anstandsregeln, wie die Höflichkeit Gästen gegenüber, hinwegzusetzen.

Manchmal denke ich, man sieht ihm sein ungehobeltes Benehmen wegen seiner tiefen Schwermut nach, die auch mich an jenen Abenden überwältigt, an denen er Stunden lang mit seiner »Beretta«-Büchse am Esstisch sitzt, sie ölt und die Patronenhülsen mit Schießpulver füllt. Es genügt dann, ihn bloß anzusehen, und man erkennt die große Kluft, die zwischen ihm und dem Rest der Welt liegt. Und nun, da er durch die Zimmer stürmt, mit den Türen knallt und immer wieder »Qën far qëni« brüllt, wird mir klar, dass der Rest der Welt schon früher gewusst haben muss, dass Großvater einmal verrückt werden wird. Nur seine Familie und ihn selbst hat man darüber im Dunkeln gelassen, hat nie eine diesbezügliche Warnung ausgesprochen, sondern vielmehr, wie Doktor Kauri bei seinem Abschied, verlegen gelächelt, sich immer wieder verbeugt und auf den Tag gewartet, da die Verrücktheit ausbrechen wird.

Es gibt so viel, das ich Großvater noch fragen will. Vor allem über den Krieg, den ich mir eigentlich gar nicht richtig vorstellen kann. Ich suche nur noch nach den richtigen Formulierungen, um von ihm nicht so sinnlose Antworten zu bekommen wie: Bin ich etwa den Kugeln nachgelaufen?

Hätte ich früher gewusst, dass er sich so rasch verändern würde, hätte ich mich beeilt, die passenden Worte für meine Fragen zu finden. Außerdem ist Großvater für uns alle der Einzige, bei dem wir Schutz suchen können, wenn wir aus irgendeinem

Grund Angst bekommen. Und selbst wenn er gar nichts macht, selbst wenn er vorgibt, sich um ein Problem überhaupt nicht kümmern zu wollen: Es reicht, dass er nur ein Stückchen von seiner gewissermaßen erhabenen Verschlossenheit ablegt, und schon fühlt man sich in der Wolke von Unantastbarkeit, die den alten Oberst umgibt, geborgen.

Doch jetzt will er diese Rolle nicht mehr übernehmen. Versucht sich durch Umnachtung den Verpflichtungen, die er uns allen gegenüber hat, zu entziehen.

Geh mir aus den Augen, ruft er seiner Frau zu und wirft krachend die Tür ins Schloss. Lass mich allein!

Die Schlafzimmertür öffnet sich. Großmutter setzt sich an den Rand meines Bettes.

Was ist los?, frage ich.

Sie bleibt, ohne zu antworten, nachdenklich sitzen, massiert sich die Knie.

Dein Onkel, sagt sie dann, ist schon wieder abgehauen.

Wohin?, frage ich.

Was weiß ich, murmelt sie. Dorthin, wo er immer hingeht.

Wo geht er immer hin?, frage ich.

Dass er so dickköpfig sein muss, fährt sie fort, ohne auf meine Frage einzugehen. Ich habe ihn doch tausendmal angefleht, nicht mehr hinzugehen.

Wo geht er immer hin?, wiederhole ich meine Frage.

Ich hoffe nur, seufzt sie, aber da läutet es an der Tür und sie springt auf.

Das ist er, flüstert sie hinauseilend. Ich stehe auf und gehe ihr nach, während Großvater immer noch brüllt: Jetzt zeig ich's dir, qën far qëni!

Er erreicht noch vor Großmutter die Eingangstür und reißt sie so wütend auf, dass sie mit Wucht gegen die Wand prallt.

Qën far qëni, wo hast du gesteckt?!

Ängstlich lächelnd starre ich in Richtung Tür und erkenne meinen Onkel, der, mit nacktem Oberkörper und dem aufgeblasenen Gummischlauch eines Lastwagenreifens über der Schulter, dem Griff seines Vaters ausweicht.

Komm herein, ruft Großmutter, macht keine Szenen an der Tür.

Der Onkel weicht einem neuerlichen Versuch seines Vaters, ihn gewaltsam in die Wohnung zu schleifen, mit einem kleinen Satz aus und zieht sein Fangnetz hinterm Rücken hervor, gefüllt mit einem riesigen schwarzen, matt schimmernden Schlangenkörper.

Sieh mal an, ruft Großvater auf einmal entzückt aus.

Heute musst du deinen Kaffee allein trinken, sagt er zu seiner Frau und betrachtet beinahe gerührt den Fang.

Ich gehe ins Bad, um den Aal zu putzen, solange er frisch ist.

Einen Arm um die Schultern seines Sohnes gelegt, der sich an sein Netz klammert, schreitet der Großvater mit dem Onkel hastig zum Badezimmer. Ich folge den beiden.

Wer hat dich gesehen?, fragt Großvater, der es sich nicht nehmen lässt, den Fisch mit seinem Jagdmesser eigenhändig zu säubern.

Die Pensionisten, erwidert der Onkel und meint damit die pensionierten Arbeiter, die sich bereits im Morgengrauen unter den verkümmerten Kiefern am Ufer versammeln, um Karten, Schach oder Domino zu spielen.

Die haben Augen gemacht, erzählt der Onkel lachend.

Die haben mich mit tausend Fragen gelöchert, deshalb habe ich mich auch verspätet. Sonst wäre ich ja schon viel früher gekommen.

Qën far qëni, brummt Großvater.

Bei der Villa des Bürgermeisters, erzählt der Onkel weiter, hat ein Lasterfahrer gebremst und wollte mir den Aal um jeden Preis abkaufen ...

Schau, schau, sagt Großvater und fordert den Onkel auf, den Kopf des Fischs festzuhalten, dann macht er mit seinem Messer einen langen, sauberen Schnitt durch den schneeweißen Unterleib, so dass das rosa Fleisch zum Vorschein kommt. Er bittet den Onkel, den Kopf fester zu drücken. Mit Daumen und Zeigefinger fasst er die zwei Zipfel der Haut unter dem Hals des Fischs, beugt sich mit dem Oberkörper über die Wanne, sieht sich kurz hilflos um, sein Blick bleibt an mir hängen, er hat glänzende Augen und ein zufriedenes Lächeln, das er vergebens zu unterdrücken versucht, und mit Tränen in den Augen flüstert er: Krempel mir doch bitte die Ärmel hoch.

Er zieht die zwei Hautzipfel gleichmäßig und kräftig nach unten, um das rosa schimmernde Fleisch freizulegen.

So etwas habe ich noch nie gesehen, staunt er.

Der Fahrer hätte jeden Preis dafür bezahlt, wiederholt der Onkel. Er hat gesagt, er zahlt alles, was ich will.

Und was hast du ihm geantwortet?, fragt Großvater, der mit feuchten Augen das enthäutete Tier betrachtet.

Dass Gnade nicht käuflich ist.

Und er?, fragt Großvater.

Er hat es nicht verstanden.

So etwas kann man auch nicht kaufen. Das ist ein Ereignis. So etwas sieht man nur einmal im Leben.

Der Onkel lacht laut mit entblößten Zähnen. In seiner engen, zerrissenen Hose, mit seinen Haaren, die ihm am Kopf kleben, und den weißen Salzflecken auf seinen glänzenden Schultern sieht er aus wie ein wunderliches Wesen, das weder die Natur noch die Menschen fürchtet.

Angefleht hat er mich, wiederholt der Onkel.

Wer denn? fragte Großvater.

Der Fahrer, erklärt der Onkel.

Und du?

Ich habe gesagt, dass ich diesen Fisch nicht verkaufe, erwidert der Onkel.

Großvater will nun aber nichts mehr von dem Fahrer hören, sondern nur noch wissen, ob jemand aus der Nachbarschaft den Fisch gesehen hat.

Niemand, sagt der Onkel.

Dann kann auch keiner meinen Freunden davon erzählen?, fragt Großvater.

Sicher nicht, sagt der Onkel.

Die werden Augen machen, wenn sie das sehen, flüstert Großvater zufrieden.

Dann frage ich den Onkel: Wie war das?

Wie war was?, fragt er mich.

Draußen am Meer, sage ich.

Wieso?, fragt er. Hast du das auch mitbekommen?

Sicher, erwidere ich, das war ja ein ganz wilder Sturm.

Und, fragt er, hast du Angst gehabt?

Du nicht?, frage ich.

Nein, sagt er, das war doch recht niedlich. Ein niedlicher Sturm, lacht er.

5

Bittend hat der Oberst Lilo befohlen, mit seinem Sohn zu sprechen.

Frag ihn doch!, hat der Oberst gesagt.

Noch am Abend kommt Lilo zu uns.

Hör zu, ruft er dem Oberst zu, der im Hintergrund neben der Küchentür steht, vorbei am Onkel, der die Tür geöffnet hatte.

Komm herein, antwortet der Oberst und eilt auf Lilo zu.

Der aber wiederholt nun, beinahe flüsternd, als der Oberst ihm gegenübersteht:

Hör zu! Ich kann für dich in der Geschichte mit der Spitaltür nichts machen.

Was sagst du da!, ruft der Oberst und richtet sich auf.

Hör zu, flüstert Lilo mit schmalen Lippen, während sein linkes Auge den Onkel scharf anblickt. Das rechte hat er im Krieg verloren. Die leere Augenhöhle verbirgt er hinter einer undurchsichtigen Linse.

Ich höre, sagt der Oberst.

Lundrim hat sich selber darum gekümmert.

Aha. Verstehe. Vielen Dank.

Gute Nacht, sagt Lilo, verlässt die Wohnung und verschwindet in der Dunkelheit.

Großvater tritt in die Küche und überbringt seiner Frau die Neuigkeit.

Zerbrich dir jetzt nicht mehr den Kopf darüber, beruhigt sie der Oberst. Das hat Nikola sicher erledigt.

Ja wer denn sonst, antwortet Großmutter.

Lundrims Freundschaft zu Nikola geht auf die Studienzeit der beiden zurück. In der Fernsehfabrik von Durrës haben sie sich dann wieder getroffen. Als Mitglieder einer Gruppe junger Techniker, die sich in jener Zeit den Luxus leisten konnten, eine Wohngemeinschaft zu gründen, hatte sich ihre Freundschaft vertieft. Der Vorraum ihrer Wohnung, im fünften Stock eines l-förmig angelegten Gebäudes vor der Musikschule, diente als Lager für Fernseher und Radios, welche die Bauern aus den entlegensten Ecken des Landes hierher brachten, in der Hoffnung, dass die Geräte irgendwann vielleicht doch repariert würden. Als Entgelt brachten die Bauern meistens Schnaps, Fleisch und Käse. Das führte dazu, dass die jungen Techniker sich dann und wann doch an die Geräte machten, wenn sie nämlich merkten, dass ihre Vorräte zu Ende gingen. Trotzdem kam es immer wieder vor, dass sie plötzlich entdecken mussten, völlig auf dem Trockenen zu sitzen, wenn sie sich abends mit einigen Arbeiterinnen aus der Fabrik in der Wohnung trafen, gemeinsam mit einem Saxophonlehrer aus der Musikschule, der ein Spezialist für schwedische Volkslieder und Jazzstandards war.

Aus solchen Nöten halfen ihnen dann Lundrims Freunde aus der Fischerei, vor allem der Kapitän des Kutters, auf dem Lundrim sein Praktikum als Schiffsfunktechniker abgeschlossen hatte. Der Kapitän war von allen Menschen, die ihre Fernseher bei den jungen Technikern reparieren ließen, der privilegierteste. Lundrim hatte ihn seinen Kollegen und WG-Genossen vorgestellt, damit er nicht warten musste, falls Lundrim einmal nicht in Durrës oder verhindert sein sollte.

Der Kapitän war allen auf Anhieb sympathisch. Er erweckte den Eindruck, über den Dingen zu stehen, ohne verbittert zu sein. Wem auch immer er in der Wohnung der jungen Männer begegnete, gleichgültig ob Bauern, Fabriksdirektoren, Musikern, Chauffeuren von Politikern oder einfachen Arbeiterinnen, der Kapitän behandelte sie alle mit dem gleichen Respekt.

Es war gerade das entspannte Verhalten der Küstenmenschen, frei von übertriebener Servilität, das die jungen Techniker ursprünglich in Durrës gehalten hatte, nachdem sie in ihren ersten Berufsjahren in allen Ecken des Landes Erfahrungen gesammelt hatten. Doch mit der Zeit übertrug sich das Misstrauen, das Enver Hoxha auf dem Gipfel seiner Macht überkam, auf das ganze Land.

So blieb auch die Bevölkerung von Dürres nicht davon verschont. Gehorsamkeit reichte bei Weitem nicht mehr aus. Taten, die einen früher als treuen Kommunisten ausgezeichnet hatten, wurden jetzt für alle zur Pflicht. Jeder befand sich in ständiger Bereitschaft. Was im politischen Kontext gerade erlaubt war, konnte keiner mehr einschätzen. Bei alldem, was man von sich gab, hoffte man stets, dass es nicht gemäß der Parteilinie interpretiert würde. Wurde einem nämlich gesagt: gemäß der Parteilinie, dann war es um den meistens geschehen. Es sei denn, er hatte Verbindungen in die höchsten politischen Kreise. Rings um das Land lauerten Opportunisten, Imperialisten, Titoisten und andere Bedrohungen. Innerhalb des Landes gab es Revisionisten, Reaktionäre, Agenten. Der Kreis der Wachsamkeit wurde immer enger gezogen. Ein Klassenfeind konnte jeder sein, ein Freund, der Bruder oder die Schwester, selbst die Eltern, wenn sie rückständig waren und nicht einsahen, dass nur die Diktatur des Proletariats zum Ziel führte. Tatsächlich wusste niemand, mit wem er noch offen sprechen konnte. Nicht nur, dass es schon reichte, dubiose Äußerungen zu melden, um als Held gefeiert zu werden: Je näher man mit dem verwandt war, den man angezeigt hatte, desto deutlicher bewies man seine Loyalität Enver gegenüber.

Nachdem man sich auch in Durrës an diesen Zustand gewöhnt hatte, begannen die Menschen, die Lage zu kommentieren. Sie sagten etwa:

Unter zwei Leuten findest du drei Spione.

Das durfte jeder sagen. Das wurde nicht geahndet. Trotzdem ging keiner näher darauf ein. Es konnte ja sein, dass derjenige, der so sprach, ein Spion war und versuchte, sein Gegenüber aus der Reserve zu locken. In diesem gewaltigen Sumpf manövrierte der Kapitän höchst geschickt. Die Eleganz, mit der er die bösen wie die guten Mäuler je nach Bedarf mit zarten Häppchen weißen Fischfleisches stopfte, verlangte jedem seiner Freunde Respekt ab. Manchmal hatte auch der Kapitän nichts zu verschenken, doch das war nicht wichtig. Wichtig war, dass er ganz anders war als die Bauern, die durch unerträgliches Jammern die Reparatur ihrer Geräte beschleunigen wollten. Außerdem führten sie stets Buch über ihre »kleinen Gaben«, sodass man wirklich Angst bekam, sie würden, wenn ihre Fernseher nicht mehr zu reparieren waren, ihre Mitbringsel zurückfordern.

Der Kapitän hatte nichts von dem herablassenden Gebaren jener Parteifunktionäre, die im Grunde bäuerlicher als die Bauern waren. Statt zu jammern drohten diese unterschwellig. Ihre Anwesenheit in der Wohnung der jungen Techniker ließ alle erstarren. Entschied sich ein Funktionär, länger zu bleiben und mit ihnen den Abend zu verbringen, verwandelte sich die Feier in eine anstrengende Übung. Einerseits mussten die jungen Männer aufpassen, dass ihnen nicht ein kompromittierender Spruch entschlüpfte, andererseits konnten sie auch Verdacht erregen, wenn sie beim Trinken zurückhaltend und beim Reden allzu vorsichtig waren.

Dank ihres bäuerlichen Ursprungs führten die Funktionäre ebenso Buch über die Dinge, die sie scheinbar überhörten, wie über die Gefälligkeiten, die sie den Technikern machten. Der Unterschied aber bestand darin, was sie oder die Bauern mit ihren Aufzeichnungen anrichten konnten, während der Kapitän den jungen Männern die schönsten Fische schenkte, ohne irgendeine Gegenleistung zu erwarten. So waren sie froh, wenn sie einmal etwas für ihn tun konnten. In jedem Fall führten all diese Umstände dazu, dass die Techniker selten ohne Nahrungsmittel dastanden, wenn sie eine Feier veranstalten wollten.

Raki bekamen sie eigentlich immer in den Geschäften. Er wurde in Durrës produziert und war im Grunde nicht einmal so schlecht. Natürlich war selbstgebrannter Raki viel besser, aber nach einigen Gläsern konnte man ihn von dem Raki aus den Geschäften ohnehin nicht mehr unterscheiden.

Den nächtlichen Feiern mit lauter Saxophonmusik verdankte die Wohngemeinschaft den Ruf, ein verruchter Ort zu sein, auf den man teils ängstlich scheu, teils neugierig erregt blickte. Im Viertel vor der Musikschule hingegen wurden sie von den Jugendlichen als Leute bewundert, die sich, ohne besonderes Aufsehen zu erregen, über viele Verbote hinwegsetzten. Wollten die Techniker vom Balkon aus eine schnelle Bestellung aufgeben, stritten sich die Kinder auf dem schwarzen Fußballfeld, das darunterlag, wer das Geld dafür auffangen und dann den Einkauf in den fünften Stock tragen durfte, um später den Freunden zu berichten, wie viele Fernseher im Gang herumlagen, ob es mehr waren als beim letzten Mal und wie viele davon in Albanien oder im Ausland hergestellt worden waren. Außerhalb des Viertels waren die Techniker für ihre waghalsigen Motorradfahrten bekannt. Trotz der zwanzig Jahre, die ihre »Jawa«-Maschinen schon auf dem Buckel hatten, oder vielleicht gerade deshalb, erkannten die meisten Leute in Durrës ihr bulliges Brummen. Wenn einer von ihnen auf dem Motorrad vorbeifuhr, flehten die Kinder auf den Gehsteigen den Fahrer schreiend an, das Vorderrad in die Höhe zu reißen.

Da die Maschine nach Lundrims Fahrt durch die Spitaltür konfisziert worden ist, liegt es nahe, dass Nikola vorschlägt, sie am nächsten Morgen persönlich von der Polizeistation abzuholen. Er will bei dieser Gelegenheit auch den Polizeichef, Lilos Sohn, bitten, die Anzeige gegen Lundrim fallen zu lassen.

Und was soll ich mit der Anzeige machen?, fragt Lilos Sohn.

Zerreißen, antwortet Nikola. Dann schweigt er und erwidert ruhig den forschenden Blick seines Gegenübers.

Nach kurzer Unentschlossenheit wagt es der Polizeidirektor, Nikolas Anweisung in fragendem Ton zu wiederholen:

Zerreißen, sagt er, unverwandt in Nikolas Augen starrend.

Ja, befiehlt Nikola gelassen. Zerreißen!

Hm, meint der andere. Das darf ich nicht.

Nikola beginnt fast zu lächeln, aber nur für einen kurzen Moment, und sagt dann streng und mit steinernem Gesichtsausdruck:

Genosse, einem kranken Kind wurde die ärztliche Behandlung verweigert. Das darf nicht sein. Ich bestreite nicht, dass Lundrim überreagiert hat, aber wir müssen uns vor allem um die Ursachen kümmern. Verstanden?

Lundrim, der seit dem Vorfall wie betäubt wirkt, bedankt sich einsilbig und ohne aufzublicken, als ihm Nikola berichtet, dass er das Motorrad zurückbekommt und die Anzeige gegen ihn fallen gelassen wird.

Das alles brauchen die Schwiegereltern nicht zu wissen, denkt Lundrim. Auch mit Ellen spricht er nicht darüber. Zumal sie, wie er glaubt, die Folgen dieses Vorfalls gar nicht richtig einschätzen kann, da sie als Tochter des Obersts noch nie in eine derart kritische Lage geraten ist. Für sie ist jetzt die Reise nach Kaninë das Wichtigste, doch der Oberst sträubt sich dagegen. Bereits bei der ersten Erwähnung des Ortes will er nichts davon hören.

Aber, meint sie.

Aber nichts, fährt er sie an.

Doch Großmutter erinnert ihn beharrlich jeden Morgen aufs Neue daran, dass er eine Entscheidung treffen muss, und fragt ihn beharrlich jeden Abend wieder, ob er denn schon eine Entscheidung getroffen habe.

Ja, antwortet der Oberst und sagt, er wolle und könne die Verantwortung nicht auf sich nehmen. Was denn, wenn dem Jungen auf dem Land etwas zustoßen sollte?

Du denkst nur an dich, entgegnet sie. Du willst deine Verwandten in Kaninë nicht belästigen, aber das ist doch auch dein Haus.

Schweig, ruft er erzürnt.

Großmutter veranlasst Lundrim, von den Ärzten in Tirana, mit denen er befreundet ist, Rat einzuholen. Die Ärzte halten die Luftveränderung, die Doktor Kauri verordnet hat, ebenfalls für die beste Idee. Damit steht der Oberst auf verlorenem Posten. Und er ärgert sich über seine Frau, weil sie ihn von allen Seiten unter Druck setzt.

Wir können leider nicht fahren, sagt Großmutter abends zu Erlind. Der Oberst verkriecht sich in sein Sofa, murmelt seine Lieblingsbeschimpfung, starrt missmutig auf den Bildschirm und schweigt.

Sie aber gibt nicht nach, bis der Oberst eines Morgens den Mund aufmacht und befiehlt:

Pack deine Sachen! Wir fahren.

6

In Kaninë sieht man kaum ein Gebäude. Als lebten die Bewohner des Dorfes in den dichten Büschen und dunklen Sträuchern, die hinter den Zäunen ihrer Gärten wuchern.

Wir erklimmen den Berghang, um das gleißend weiße Haus der Verwandten von Großvater zu erreichen, das einsam am Ende des Weges emporragt. Rechts vom Haus fällt ein Hang ab, der mit Olivenbäumen bewachsen ist. Deren unförmige Stämme lassen einen an geschmolzene Wachskerzen denken. Die Kronen sind staubig und strubbelig. Links vom Haus erhebt sich ein nackter, zerfurchter Bergrücken.

Der Mann und die Frau, die uns am Fuß der Treppe empfangen, sind Bauern, wie sie mit Vorliebe in den kommunistischen Filmen gezeigt werden. Sie bilden eine Wolke wohlwollender Laute und Berührungen, die ich wie versteinert über mich ergehen lasse. Die beiden also sollen mir beistehen, eine Krankheit zu überwinden, für die es keinen Namen gibt. Sehr zum Leidwesen meiner Familie, die das Argument, dass meine Krankheit bloß eine harmlose Gesundheitsstörung ist, da alle ernstzunehmenden Krankheiten ja einen Namen haben, nicht überzeugend genug findet. Deshalb verschanzen wir uns in dieser ländlichen Festung, die wie eine Märchenbuchillustration wirkt. Innen wie außen sind die Wände mit Kalkfarbe gestrichen. Sie schirmen einen nicht nur von der unmittelbaren Umgebung ab, sondern auch von dem Gefühl, dass draußen die Welt weiter existiert. Wir schreiten durch die hohen Räume, die mir, weil sie kahl sind, riesig erscheinen. An den Wänden hängen weder Bilder noch Erinnerungsstücke. Die unwirtliche Reinheit zeigt, dass hier ständig versucht wird, Spuren zu verwischen. Diese hängen aber trotzdem in der Luft. Der Oberst riecht das. Seine Frau ebenso und nicht zuletzt auch die Hausbewohner, die aber ihr

Wissen, das eher eine Mischung aus Erinnerung und Ahnung ist, vor einander, ja selbst vor sich selbst erstaunlich gut verbergen können. Deshalb also hat sich der Oberst geweigert, nach Kaninë zu kommen. Das wird an der ruppigen Art, mit der er das Paar abfertigt, deutlich. Sein Blick, der ja immer ernst bleibt, wirkt nun noch ernster. Für ihn ist das hier offenbar der Austragungsort für einen Kampf. Er als Einziger weiß, worum es bei dem Kampf geht. Sagt aber weder seiner Frau noch mir etwas darüber. Er verschließt sich und spricht kaum. Was immer der Oberst äußert, geschieht in einem Ton, der bloß eines bedeutet: Jetzt gibt es kein Zurück mehr!

Wie der Oberst schweigen auch seine Verwandten die meiste Zeit. Den kranken Jungen füllen sie mit Fleisch und Fleischbrühe ab. Sie sortieren für ihn die schönsten Maulbeeren aus, um sie ihm dann in den Mund zu stopfen. Er verdrückt ganze Schüsseln davon. Aber er bekommt von der dunklen Flüssigkeit, zu der die Früchte im Mund zerfließen, nie genug, während die Großmutter jeden seiner Schritte überwacht, als könnte er gleich tot umfallen.

Wie heißt meine Krankheit?, fragt der Junge.

Sie sagt: Welche Krankheit?

Wegen der wir hergekommen sind.

Magst du nicht hierbleiben?

Nein, ich will nicht hierbleiben, ich will nach Durrës zurück.

Sie blickt ihn bedrückt an.

Ich will wissen, was ich habe, wiederholt er.

Du hast doch nichts.

Warum sind wir dann hier?

Sie antwortet nicht und er fragt schließlich: Was war das damals in der Nacht, als Vater mich ins Spital gebracht hat?

Das war nichts, nur ein Albtraum.

Wozu sind wir dann hier?, fragt er noch einmal.

Um Urlaub zu machen, erwidert Großmutter.

Hier gibt es keinen Strand.

Aber Berge, sagt sie. Die Bergluft ist das beste Medikament für dich.

Die Luft?, wiederholt er stutzig.

Das sagt man so, erklärt sie und fügt hinzu: Doktor Kauri hat dir Luftveränderung verordnet. Es gibt in der ganzen Welt keine bessere Luft als hier in Kaninë.

Der Oberst schweigt, als warte er auf den geeigneten Moment, um sich wieder zu Wort zu melden. Großmutter hingegen versucht durch »yshten« das undefinierte Übel zu vertreiben. Sie legt Glutstücke auf einen Teller. Zupft Halme von einem Strohbesen. Umschließt sie mit ihrer Hand, in der sie auch grobkörniges Meersalz hält. Legt den Kopf des Kindes auf ihren Schoß und beginnt leise vor sich hin zu murmeln. Sie spricht alte Formeln, zusammengesetzt aus Buchstaben, die kleine sinnlose Wörter ergeben. Ein »sh« und »ç« sind immer wieder zu hören. Ihre Stimme fleht und flucht. Manchmal spricht sie langsam. Dann schneller. Und oft hat man den Eindruck, hinter den Klängen aus ihrem Mund bekannte Wörter zu vernehmen. Doch sogleich entziehen sich die Klänge dem Versuch, sie zu deuten. Sie reihen sich aneinander wie Wellen. Begleiten den Kranken, während die Faust der Großmutter immer wieder seine Stirn sanft berührt. Seine Glieder entspannen sich. Sie zucken leicht. Scheinen sich in der Bettdecke aufzulösen. Von den zusammengepressten Lidern fließt die Spannung ab. Auch wenn sie weiterhin verschlossen bleiben und er eigentlich nichts sehen kann, wird es vor seinen Augen heller. Das Licht, das er zu sehen vermeint, hat etwas vom Klang des großmütterlichen Gemurmels. Beides ist wahrnehmbar, hat aber keine Konturen. Ein zart glühendes Grau. Ein entferntes, kaum erinnertes Murmeln. Fast schläft er ein. Fast träumt er, aber ohne Bilder. Fast vergisst er. Ja, eigentlich vergisst er. Nur ist es nicht der Kranke, der vergisst, sondern sein Körper. Dieser vergisst die Krankheit, ja selbst den Menschen, der den Körper ausfüllt, und beschränkt sich auf ruhiges Einatmen und Ausatmen. Am Ende des Rituals hilft sie ihm sich aufrichten und befiehlt:

Iss das Salz.

Und sie hält ihm ein paar auf ihren Fingerkuppen klebende Salzkristalle an die Lippen.

Das ist das Gute, murmelt sie, während sich das Salz in seinem Mund auflöst.

Den Rest des Salzes kehrt sie mit den gelben Besenhalmen von der Handfläche in ein Glas Wasser. Ergreift dann mit einer kleinen Zange die Glutstücke, die nun schon schwarz geworden sind, und wirft auch sie ins Glas.

Das ist das Übel, sagt sie, während die Glut im salzigen Wasser aufzischt und eine kleine weiße Rauchwolke hochsteigt.

Der Oberst sieht nachdenklich zu und sagt dann, er werde hinunter in die Stadt fahren. Großmutter nimmt die Mitteilung nickend zur Kenntnis. Erlind aber wundert sich, weil Großvater seit ihrer Ankunft schon einige Male in der Stadt gewesen ist, ohne dies jedoch bedeutungsvoll zu verkünden.

Fährst du nach Durrës?, fragt Erlind.

Nein, entgegnet Großmutter. Er fährt nur in die Stadt.

In welche?

Vlorë.

Das macht er doch fast jeden Tag, sagt Erlind.

Das Besondere an diesen Fahrten sollte sich dem Jungen wenige Tage später in Gestalt eines Mädchens offenbaren, das ungefähr in seinem Alter war. Für Erlind war es klar, dass Großvaters Fahrten nach Vlorë und der Besuch des Mädchens in einem Zusammenhang standen. Seit dem Moment aber, in dem er quer durch den Eingangsraum einen Blick in ihre Augen geworfen hatte, fragte er sich nicht mehr nach dem Grund ihres Kommens. Und er hätte jetzt auch nichts mehr dagegen gehabt, für immer in Kanínë zu bleiben, vorausgesetzt, sie bliebe auch. Er begann sich gegen den Mittagsschlaf aufzulehnen. Er wollte die Mittagszeit mit Fatima, so hieß das Mädchen, verbringen. Im Bett dachte er sich Fragen aus, die er ihr stellen wollte. Fragen, die nur sie beantworten konnte. Er wälzte sich von einer Seite auf die andere, schnaufte und ächzte, bis die Großeltern ihm erlaubten, aufzustehen und das Zimmer zu verlassen.

Erlind suchte Fatima im Haus oder im Freien. An ihrem Blick merkte er, dass sie auf ihn gewartet hatte. Die aschgrauen Spuren ihrer Iris, die sich in sein Gedächtnis eingebrannt hatten, wurden durch ihre Gegenwart wieder entfacht. Fatima verlieh dem Ort Kanínë Tiefe und Bedeutung. Sie war genau das, was er sich hier zu finden nebelhaft gewünscht hatte, als Doktor Kauri sagte, das Kind brauche Luftveränderung und solle nach Kanínë fahren. Fatima war eine unverhofft glückliche Überraschung. Sie besaß eine endlose Milde dem Leben gegenüber. Sie gab ihm einen Vorgeschmack darauf, wie es sein würde, völlig gesund zu sein; gesund sein bedeutete für ihn nun, Fatima nicht mehr als äußeren Teil seiner selbst zu sehen, sondern sie im Innersten mit sich vereint zu wissen. In seinen Augen besaß sie tatsächlich die Fähigkeit, mit allem eins zu sein und also auch mit ihm. Er beobachtete sie, wenn sie sich mit der Hand durch die Haare fuhr, wenn sie sprach und ihr Mund sich bewegte, wenn sie etwas vom Boden aufhob, um es dadurch, dass sich dabei ihr Körper beugen musste, kostbar und einzigartig zu machen. Und er verbat es sich, die geringste ihrer Bewegungen zu stören, denn jede schien ihm ein Schritt dahin zu sein, sie schließlich berühren zu können.

Die Berührungen waren dann meistens beiläufig, kamen unerwartet. Ihre Hand lag für einen Augenblick auf seiner Schulter. Er hatte keine Zeit, sich darauf einzustellen. Er streifte unabsichtlich ihre Hüfte. Das fühlte sich gut an, war aber zu schnell vorbei. Er wollte sie anfassen. Das ging aber nicht.

Er glaubte, später, wenn er allein wäre, würde er sich daran erinnern können. Und prüfte sogleich, ob das möglich wäre. Er fand die Erinnerung aber schon jetzt nicht mehr. Merkte bei seiner Suche nur, dass er plötzlich Angst hatte, sie wieder anzufassen. Schreckliche Angst. Er fürchtete, sie könnte sich ihm entziehen. Also zog er ihre unberührte Anwesenheit vor. Als könnten ihr Anblick und ihre Stimme ihn für sein Verlangen nach Körperlichkeit entschädigen.

So blieb er stumm und schwieg in ihrer Gegenwart, um nachts im Bett, wenn tausende Fragen auf ihn lauerten, die ständig mehr und immer verwirrender wurden, zu erkennen, dass er und sie doch nicht so unzertrennlich waren, wie er dachte. Der Versuch, in seiner Erinnerung Fatimas Bewegungen und Berührungen aufzurufen, brachte ihn nur in die schier aussichtslose Lage, gleichzeitig Hoffnung und Verzweiflung zu spüren.

Ach, sagte Fatima, als wüsste sie, was in ihm vorging, wenn Großmutter auf der Veranda erschien, um ihn zum Mittagsschlaf abzuholen. Lassen Sie uns doch spielen.

Er muss aber schlafen, lautete die Antwort.

Ich, rief Fatima, werde mich mit ihm hinlegen.

Großmutter sah sie groß an und fragte: Wo denn?

Erlind folgte der Unterredung der beiden wie einem Pingpongspiel. Benommen hörte er Fatimas Antwort: In meinem Zimmer.

Großmutter kniff die Augen zusammen und runzelte die Stirn.

Das Mädchen fügte hinzu: Es ist ja niemand da.

Er hatte ihr Zimmer noch nie betreten, wusste nicht einmal, wo es sich befand. Manchmal vermutete er sogar, dass sie ein Mädchen aus der Nachbarschaft war und nur ins Haus kam, um ihn aufzumuntern; eine Vorstellung, die ihn stets irritiert hatte. Denn die Menschen in Kaninë schienen Fremden mit Misstrauen zu begegnen. Sie bildeten eine eingeschworene Gemeinschaft, zu welcher kein Außenstehender Zugang hatte. Wenn sie einem auf dem Dorfweg entgegenkamen, hoben sie nicht einmal den Kopf, um zu grüßen. Wäre Fatima eine von ihnen gewesen, davon war Erlind fast überzeugt, hätte sie für ihn niemals echte Zuneigung empfinden können. Und nun erfuhr er, dass sie mit den abweisenden Dorfbewohnern genau so wenig wie er selbst zu tun hatte und tatsächlich im selben Haus wie er wohnte. In der schwebenden Festung. In einem Zimmer im unteren Stockwerk. Ihre Tür befand sich in der großen Halle neben der Eingangstür. Ihr Zimmer war noch karger als alle anderen. Fatima hatte kein Bett, sondern schlief auf einer Matratze am Boden.

Sie legte sich nieder und deckte sich mit einer weißen Decke zu, sah zu ihm auf, der neben der offenen Tür stand und auf den Boden starrte. Dann sagte sie, er solle sich neben sie legen.

Wohin, fragte er, hier ist ja kein Bett.

Da komm her, erwiderte sie, auf die Matratze klopfend. Leg dich neben mich, oder willst du das nicht?

Der Plafond schwebte nun ganz weit oben.

Jetzt schlafen wir, befahl sie und drückte sanft ihren Mund auf seine Stirn.

Großmutter hatte dieses Mittagschläfchen im Zimmer des Mädchens ausnahmsweise erlaubt, weil der Oberst wieder in die Stadt gefahren und niemand von den anderen Familienmitgliedern im Haus war, und nur unter der Bedingung, dass die Kinder sie nie wieder darum bitten würden.

Das Mädchen, das ihm erklärte, die Sache sei nur möglich gewesen, weil sie allein im Haus waren, schlug nie wieder vor, mit ihm sein Bett zu teilen. Auf die Einhaltung des Mittagsschlafs wurde seit dieser Ausnahme strenger geachtet. Erlinds

Versuche, Widerstand zu leisten, blieben allesamt vergeblich. Jetzt hieß es plötzlich, sie seien zur Kur hier und nicht auf Urlaub. Doktor Kauri habe nachdrücklich betont, dass zur Genesung des Kindes ausgiebige Mittagsruhe unbedingt nötig sei.

Das stimmt nicht, widersprach Erlind. Ich habe gehört, was er nach der Untersuchung gesagt hat. Es war kein Wort von Mittagsschlaf.

Ja, seufzte Großmutter und biss sich dabei auf die Unterlippe, um Erlind zu ermahnen, Großvater nicht aufzuregen. Doch ihm war der Zorn des Obersts völlig egal. Er wollte wieder einen Kuss auf die Stirn haben. Er stürmte trotzig und weinend aus dem Zimmer.

Er strich in der Hoffnung, Fatima zu begegnen, durchs Haus. Vor ihrem Zimmer verlangsamte er die Schritte. Legte den Kopf an die Tür, um zu lauschen, ob Fatima da war. Da er in ihrem Zimmer keine Geräusche vernahm, suchte Erlind sie zwischen den Olivenbäumen und hinter dem Haus. Er starrte auf das eintönige Gebirge, gesprenkelt mit grauem Gestrüpp und schmutzigen Ziegen, die unermüdlich Unkraut fraßen. So ein Blau gibt es in Durrës gar nicht, dachte er in den Himmel blinzelnd. Kühe trotteten schwerfällig an ihm vorbei. Sie muhten und schoben sich gegenseitig an wie Blinde. Zwischen ihnen stapfte ein Stier mit hässlichen Hörnern.

Erlind stahl sich vorsichtig zum Stall, der hinter dem Haus stand. Er war winzig, sein Dach morsch und niedrig, der Boden ein Gemisch von Heu, Erde und getrocknetem Tierkot. Durch das schmale Loch, das als Eingang und Ausgang für die Tiere diente, denn Menschen betraten den Stall kaum, drang nur spärlich Licht herein. Er kauerte sich in einer Ecke zusammen und starrte auf einen schwarzen Esel, der seinem Blick auswich. Der Esel stand meistens allein im Stall. Offenbar war er schon zu alt, um noch zu arbeiten. Vielleicht wollte man ihn einfach nur in

Ruhe sterben lassen. Der Esel hielt sich in der dunkelsten Ecke des Raums auf. Niemals gab er einen Laut von sich. Er aß kaum etwas, sondern leckte höchstens am schlammigen Boden des Stalls. Wenn jemand den Raum betrat, blickte der Esel ängstlich auf die schmutzigen Steinmauern.

Anfangs konnte sich Fatima für Erlinds Entdeckung nicht begeistern.

Den Stall sehe ich ja nicht zum ersten Mal, sagte sie.

Aber der Esel, erwiderte Erlind. Niemand scheint ihn zu brauchen. Er gehört uns.

Sie blickte den Esel nachdenklich an:

Schau ihn dir doch an. Was willst du mit ihm anfangen?

Aber allmählich freundete sich Fatima mit dem einsamen Tier an. Erlind stahl trockenes Brot aus dem Haus und Fatima reichte es dem Esel, weil Erlind selbst immer zurückschrak, sobald dieser sein Gebiss zeigte. Dafür streichelte er das Tier am Rücken, während es Fatima fütterte. Nach einiger Zeit begannen sie auf dem Esel zu reiten. Zuerst im Stall, später auch um den Wasserbrunnen vorm Haus. Wenn sie gerufen wurden, versteckten sich Erlind und Fatima in einer Ecke des Stalls und hielten sich gegenseitig den Mund zu, damit ihr Kichern nicht nach außen dringe. Der Esel beobachtete sie mit seinen dunklen, reglosen Augen. Er war das einzige Wesen, das um ihre Liebe wusste. Wenn Erlind Fatima einmal nicht finden konnte und allein in den Stall ging, trottete der Esel mit hängendem Kopf aus seiner Ecke hervor und stellte sich neben den Jungen, um mit ihm gemeinsam durch das schmale Loch hinauszulugen.

Eines Tages kam Fatima mit ernstem Gesicht in den Stall. Erlind sah sie schweigend und vorwurfsvoll an. So traurig er ohne sie war, so verwirrt war er, sobald er ihr Gesicht sah. Es zeigte deutlich, dass sich ihr Interesse an der Welt nicht bloß auf Erlind und den Esel beschränkte. Etwas hatte sich geändert. Er entdeckte in ihrem Gesicht jetzt keine Spur von Freude mehr, wenn sie einander begegneten. Sie suchte ihn nicht mehr aus freien Stücken auf, sondern nur noch dann, wenn sie ausgeschickt wurde, um ihn zum Essen oder Schlafen ins Haus zu holen. Meistens machte sie ein gelangweiltes Gesicht, wenn sie mit ihm allein war, und sprang begeistert auf, wenn andere Kinder vorbeikamen, denen sie sich anschließen konnte.

All diese Veränderungen verstärkten sein Verlangen nach ihrer Nähe umso mehr. Die Wölbungen ihres Körpers, die Züge ihres Gesichts, die Linien ihres Mundes, ihre buschigen, zusammengewachsenen Brauen und ihre aschgrauen Augen waren seine ständigen Begleiter geworden. Als sie ihren Mund auf seine Stirn gedrückt hatte, begann dieser mit ihm zu verwachsen, um zu einem unzertrennlichen Teil seines eigenen Körpers zu werden. Sie hingegen zog sich einfach wieder von ihm zurück. Wahrscheinlich flüchtete er in den Stall, weil er genau wusste, dass die Großeltern Fatima nach ihm schicken würden, da sie selbst sein Versteck nicht kannten. Dadurch erwachte in ihm für einen Augenblick zumindest das Gefühl, sie könnte nach ihm gesucht haben. Dann konnte er glauben, dass sie sich ihm gar nicht entzogen, dass er die letzten Tage einfach nur geträumt hätte. Er zwang diese Vorstellung immer wieder herbei, auch wenn die Enttäuschung darüber, dass Fatima das Interesse an ihm tatsächlich verloren zu haben schien, bei jeder Begegnung herber wurde. Aber die Wärme, der Gestank und der alte Esel, der dastand wie die traurige Verkörperung der Armseligkeit, betäubten seinen Schmerz, benebelten seinen Verstand und gaben ihm Hoffnung.

Erlind, schrie Fatima. Lass das. Er hat nichts getan!

Erlind hörte nichts. Er weinte und schlug mit einem Stock auf die Flanken des Esels ein. Der versuchte aber keineswegs zu flüchten. Stumpfsinnig und ohne einen Laut von sich zu geben, starrte er auf das schmale Loch, das ins Freie führte. Ein

Schlag nach dem anderen sauste auf das Tier nieder. Der Esel wandte jetzt langsam und träge seinen Kopf dem Jungen zu und wimmerte leise, während das Mädchen im Hintergrund immer lauter schrie: Hör doch auf, er hat dir nichts getan!

Doch Erlind konnte nicht mehr aufhören. Seine Bewegungen hatten sich verselbstständigt, sein Blick sich verdunkelt. Er war getrieben von der Vorstellung, dass der Esel zusammenbräche und auf dem schwarzen Boden des Stalls liegen bliebe. Er verfolgte die Bewegung des Stocks, den er fest umschlossen hielt. Der Stock traf mit dumpfen Schlägen den Rücken des Esels. Erlind schielte auf den Kopf des Tieres, auf die Beine, als hoffte er, dass diese unter dem Gewicht des Körpers und dem Schmerz der Schläge endlich einknicken würden. Doch das Tier stand immer noch mehr oder weniger sicher, und das leichte Zittern der Beine bemerkte Erlind in seiner Erregtheit nicht. Also ließ er den Stock noch härter niedersausen.

Endlich schrie das Tier auf. Ein tiefer, dunkler, langer Schrei. Dann reckte es seinen Hals und sprang, die Vorderbeine streckend, in die Höhe. Es war ein kleiner Sprung, ein in jeder Hinsicht misslungener, sodass der Esel einen zweiten versuchte, dabei jedoch stolperte und auf wackeligen Beinen in die andere Ecke des Stalls taumelte. Erlind schrak für einen Moment zurück, machte selbst einen kleinen Satz nach hinten und klammerte sich keuchend an den Stock. Dann hob er diesen erneut und näherte sich dem Tier erneut. Das Mädchen stand jetzt neben ihm und flüsterte flehentlich:

Hör auf, bitte! Siehst du nicht, dass er blutet?

Erlind stotterte: Er hat nach dir geschnappt.

Überhaupt nicht, murmelte Fatima ernst, fast angewidert. Er hat nur nach dem Brot geschnappt, das ich dir mitgebracht habe.

Erlind nahm das Brot, das mit Butter und Honig bestrichen war, und hielt es vorsichtig in der Hand, damit der Honig nicht über die Ränder floss.

Ich wollte das nicht, stammelte er.

Er blutet, stellte sie fest. Siehst du, wie er blutet.

Sie zeigte auf eine Wunde, die Erlinds Schläge in das Fell des Esels gerissen hatten.

Die hat er schon gehabt. Die ist nicht von jetzt, antwortete Erlind.

Das Mädchen legte einen Finger in die Wunde und befeuchtete ihre Fingerkuppe mit frischem Blut. Der Esel wieherte und schüttelte seinen Körper. Er machte einige kleine Sätze in die Höhe und drehte seinen Kopf den beiden zu. Seine Augen waren halb offen.

Er wollte dich doch angreifen, wiederholte Erlind.

Ach was, entgegnete sie und entriss ihm den Stock. Erlind blickte Fatima traurig an. Sie drehte sich um und verließ wortlos den Stall.

7

Fatima kam nicht mehr in den Stall. Erlind spazierte nicht mehr durch das Dorf und zwischen den Olivenbäumen, wo sie noch einen Tag vor ihrer Abreise eine halbe Stunde auf ihn wartete. Sie begegneten einander noch einige Male im Haus. Als sie sich ihm in den Weg stellte, ging er gesenkten Hauptes an ihr vorbei, als sähe er sie nicht. Zu ihrem Abschied fanden sich alle im Flur des Hauses ein. Sie umarmten Fatima und dankten ihr. Zuletzt kam Erlind an die Reihe. Die Großeltern und das Ehepaar, dem das Haus gehörte, blickten mit breitem Lächeln auf ihn und Fatima, während die beiden sich kurz und ausdruckslos an den Händen hielten. Dann war sie weg.

Zuerst konnte er das nicht begreifen. Es kam ihm wie ein böser Streich vor. Sollte Fatimas Abreise etwa eine Bestrafung sein? Wofür denn nur? Er hatte das Gefühl, sich wie ein Feigling verhalten zu haben. Aber er wusste nicht, in welchem Zusammenhang, bei welcher Gelegenheit. Der Oberst, die Großmutter und die Hausbesitzer wirkten erschöpft und müde. Aber er wusste nicht warum, und er konnte sie auch nicht fragen. Er vermutete, dass Fatima ihnen von der Begebenheit mit dem Esel erzählt hatte. Doch verwarf er diesen Gedanken rasch. Es mochte stimmen, dass sie seine Hand beim Abschied nur kurz und leblos berührt hatte, doch ebenso stimmt es, dass sie seinen Blick gesucht hatte. Sie war auch diejenige gewesen, die »Auf Wiedersehen!« gesagt hatte. Kaum hörbar für die anderen, weil der Gruß nur ihm galt. Er hatte an ihren Abschiedsgesten keine Spur von Zuneigung entdecken können, aber auch keine von schlechtem Gewissen, Hass oder Abscheu.

Erlind fragte sich, wie es dem Esel wohl ginge, ob er immer noch Angst hätte, ob die Wunde bereits verheilt wäre. Er dachte häufig an das Tier, ging aber nicht mehr in den Stall, um nach ihm zu sehen.

Später, als der Kleinbus, in dem er und die Großeltern Kaninë verließen, sich mühsam die Serpentinen hinabschlängelte, kurbelte der Fahrer für einige Minuten das Seitenfenster hinunter. Die Luft, die in den Wagen drang, versetzte Erlind einen kleinen Stoß, und plötzlich überkam ihn das Gefühl, die Ereignisse im Dorf für immer hinter sich zu lassen. Es war der erste Augenblick, in dem er nicht mehr an Fatima dachte. Er konnte seine Gedanken ordnen. Er lauschte dem Brummen des Motors und wartete geduldig auf den Augenblick, da hinter der Windschutzscheibe der erste Anhaltspunkt auftauchen würde, dass sie sich auf der Heimreise befanden.

Bei einer Gaststätte am Meer machten sie Rast, und Großmutter begann Erlind mit Fleischbrühe zu füttern. Als dieser sich sträubte, sagte sie:

Du wolltest das Meer. Da ist dein Meer. Jetzt iss die Suppe.

Doch unbeeindruckt vom Meer erzählte Erlind von einem französischen Krimi, den er vor der Reise im Kino »Iliria« mit seinen Eltern gesehen hatte. Eigentlich fand er zwischen den löffelvollen Portionen, die seine Großmutter ihm in den Mund schob, kaum Zeit zum Reden, aber je öfter sie ihn mit der wässrigen Suppe unterbrach, desto größer wurde sein Bedürfnis, die Erzählung fortzusetzen. Vor allem weil er plötzlich fürchtete, seine Erinnerungen an den Film könnten verschwinden, wenn er sie nicht jetzt aussprach. Das erschien ihm die einzige Möglichkeit, die Erinnerungen festzuhalten, selbst wenn der volle Löffel immer wieder dazwischenkam und ihn daran hinderte, seine Sätze auszufeilen, und ihm bloß gestattete, die grobe Handlung des Films zu rekonstruieren. Auch hatte seine Stimme weder die Kraft noch das Bedürfnis, sich gegen das im Hintergrund leise klappernde Geschirr zu behaupten. Sie beschränkte sich darauf, seine zwei Zuhörer zu erreichen. Deshalb glich er seine

Stimme den Geräuschen an, die von außen hereindrangen: dem Rauschen der Wellen, dem salzigen Wind der Küste, den Klängen und Stimmen auf der Straße und im Hof des Gasthauses und dem Gang der Kellner, die sich freilich kaum bewegten, sondern die meiste Zeit gelangweilt in den Ecken des Saals standen. Er versank in die Dunkelheit des Kinosaals. Er hörte leises Aufseufzen, Knistern, Flüstern, das er in Verbindung mit dem Geschehen auf der Leinwand brachte. Nun musste er weder schnaufen noch sich beeilen. Auch Großmutter musste nicht mehr darauf warten, bis er einen Satz beendet hatte. Ihre Bewegungen und seine Worte fanden einen eigenen Rhythmus und in ihm entstand der Eindruck eines eigenartigen Einklangs, in dessen Unermesslichkeit Platz für die ganze Welt war. Er befand sich in einem endlosen Jetzt, in das man offenbar nur schwer hineingelangen konnte, wo man sich aber, erst einmal drinnen, am besten ohne die Augen zu öffnen und ohne Kraftanstrengung einfach nur treiben ließ. Mit jedem Löffel holte er neue Bilder aus dem Dunkel des Kinosaals herbei. Dabei blickte er in sich und sah, dass der Saal zu seinem eigenen Innern geworden war. Dies war wie von selbst geschehen. Für jedes Bild auf der Leinwand, das ihm erzählenswert erschien, fielen ihm die passenden Worte mit solcher Leichtigkeit ein, als würde sie ihm jemand einflüstern. Einige Bilder entschied er zu übergehen, weil sie verwoben waren mit anderen Details, die in seiner Erzählung nicht vorkommen würden. Das wusste Erlind im Voraus, so wie er immer schon alles über seine Erzählung gewusst hatte. Er las sie nämlich aus den Bewegungen der Großeltern ab, er erkannte sie in voller Deutlichkeit, während er die Konturen seiner Großeltern mit ruhigem Blick beschrieb. Schließlich waren sie ihm so nah, dass er nichts mehr erzählen und die Bilder nicht mehr aus seinem Innern hervorholen musste. Er blickte um sich. Der Speisesaal war zum Kino »Iliria« geworden, und an den Vorhängen erschienen die fliehenden Bilder.

III

1

Unterhalb seines Bauchs entdeckt Erlind seine Zehen. Sie stehen störrisch im Mittelpunkt seines Blickfelds. Die Wände des elterlichen Schlafzimmers wirken beklemmend. Immer wenn er im Bett der Eltern schläft, überkommt ihn beim Aufwachen ein eigenartiges Gefühl. Als würde er sich darüber ärgern, dass er länger geschlafen hat als vorgehabt. Dann blickt er auf die Uhr und stellt fest, dass diese Annahme falsch ist. Trotzdem ist ihm weiterhin eigenartig zumute. Er streckt sich und beugt sich nach hinten. Versucht, die Wirbelsäule zu dehnen. Eine Luftmasse braut sich im Unterleib zusammen, steigt allmählich, mit schmerzlich zunehmender Intensität, empor. Zieht langsam durch den Körper, zwängt sich durchs Zwerchfell. Dann packt sie die Stimmbänder, den Kehlkopf, brodelt zwischen Gaumen und Zunge, lässt die Zähne vibrieren, holt noch zusätzlichen Druck aus der Brust und bricht schließlich in der Mundhöhle aus. Erklimmt die Wände, füllt den Raum, bis ein Teil verschwindet; der Rest vermengt sich mit den Straßengeräuschen, die wie verschlüsselte Signale hereinrauschen. Erlinds Beklemmung prasselt auf das Knattern von Rollläden. Schlittert in das Grölen der Motoren einsamer Lieferwagen. Schwirrt um die *Backgammon*-Würfel und -Steine, die aus den Händen der am Randstein sitzenden Männer springen und sich, benetzt von Wärme und Feuchtigkeit, an der dumpfen Versunkenheit des monotonen Spiels aufladen. Stimmen ohne erkennbaren Sinn pendeln zwischen Zukunft und Vergangenheit, stoßen an die Wände, lagern sich dort ab, um sich zu einer späteren Zeit wieder zu erheben, um sich mit der gleichen Lebendigkeit, die sie jetzt besitzen, wieder Gehör zu verschaffen. Die Beklemmung ist eigentlich Angst, die sich allmählich in den Geräuschen, die ihn von der Straße her erreichen, auflöst.

Währenddessen erschallen Klangfetzen eines rothaarigen Trompeters. Das ganze Schuljahr hindurch schmettert er aus einem Fenster der Musikschule schräge Töne in den Nachmittagshimmel. Und jetzt beginnt eine Kinderstimme ein Lied dazu zu singen. Der Text handelt von drei Spielern der Fußballnationalmannschaft. Unwahrscheinlich, dass der Liedtext irgendetwas Konkretes bedeutet. Es geht darin um verwirrte Gedanken, die auf märchenhafte Art wiedergegeben werden. Und wie um die Sinnlosigkeit des Textes zu übertrumpfen, schreit das Kind am Ende jeder Strophe mit voller Kraft: »Andrea!« Dieser Name wird ohne erkennbaren Zusammenhang dem Lied angehängt. Es scheint, als sollte allen, die ihr Mittagsschläfchen halten, ein Gleichnis mitgeteilt werden. Erlind steht auf und geht langsam ans Fenster. Der kleine Sänger krabbelt über das schwarze Fußballfeld wie über den Boden eines trockenen Schwimmbeckens. Er trägt eine winzige rote Bluse, schäbige Sandalen aus blauem Kunststoff, und er hantiert mit dem Liedtext, als wäre der eine Lunte, welche er geduldig auslegt, um sie schließlich mit dem Ruf »Andrea!« zu entzünden. Das Rätsel, das die drei Fußballspieler und diesen Namen verbindet, wird nicht gelüftet. Doch ist der Kinderstimme die absolute Überzeugung zu entnehmen, dass das Lied, richtig gedeutet, viel mehr aussagt, als man zu denken vermag.

»Mu ke pesmëtkaçi

Kola, Minga, Baçi.

Andrea!«

Übersetzt bedeutet das, dass im Hotel »Tirana« die Fußballer Kola, Minga und Baçi sitzen. Dieser fünfzehnstöckige Luxusbau befindet sich im Zentrum der Hauptstadt und ist nur ausländischen Gästen, Mitgliedern des Parteikaders und deren nächsten Angehörigen zugänglich. Offenbar aber auch diesen drei Sportlern.

Jeder träumt davon, in diesem exklusiven Ambiente eine Tasse Kaffee oder ein Glas echten Cognac schlürfen zu dürfen. Kaum wähnt sich Erlind auf der richtigen Spur, den Liedtext zu entschlüsseln, stimmt der Sänger die zweite Strophe an, noch lauter als die erste:

»Seç po bisedonin,
Kolën ta martronin
Andrea!«

Übersetzt bedeutet das, dass die Spieler darüber beraten, einen aus ihrer Runde zu vermählen. Aber was heißt hier »vermählen«? Hat das Wort in dem Lied etwa die Bedeutung, die es im Straßenjargon hat? Halbstarke verwenden es nämlich, wenn sie jemanden hintergehen wollen. Eigentlich sogar mehr als hintergehen, fällt Erlind jetzt ein, bedeutet es doch auch, jemanden zu »vermählen« oder ihn verschwinden zu lassen. Während er so überlegt, erfüllt Erlind das Gefühl, einer der Eingeweihten zu sein. Und genau in diesem Augenblick liefert das Lied das nächste Indiz dafür: »Geh doch und frag Andrea!«. Aber wer soll dieser Andrea sein? Er kennt keinen Andrea. Es gibt in Durrës überhaupt keinen Andrea. Dieser Name ist hier völlig ungebräuchlich. Wer also kann damit gemeint sein?

Dass die Nachmittagsruhe die am besten geeignete Zeit ist, dieses rätselhafte Liedchen zu singen, ist leicht verständlich. Emilian, so heißt der kleine Sänger, scheint die Absicht zu haben, dass seine Botschaft ungestört und klar die Hörer erreicht, auf dass sie sich Fragen stellen, die sonst keiner stellt; auf dass in ihren Gehirnen wieder eine Spannung entsteht und sie endlich beginnen, die Dinge, die um sie herum geschehen, nicht länger wie einen endlosen Traum hinzunehmen, sondern wieder einmal den Mut oder die Notwendigkeit verspüren, sich an der eigenen Wirklichkeit und Geschichte zu beteiligen und diese zumindest zu hinterfragen:

»Kola nuk pranonte
Mingën dashuronte,
Andrea!«

Kola, der Spieler, der »vermählt« werden soll, so singt Emilian, protestiert. Ist doch völlig einleuchtend. Plötzlich gesteht er, dass er sich in Minga, einen der beiden Freunde, die ihn »vermählen« möchten, verliebt habe. Geht es hier etwa um Homosexualität? Nein, so ist es natürlich nicht gemeint. Wie »vermählen« kann auch die Wendung »jemanden lieben« ziemlich zweideutig sein. Sie dient meistens zur Beschwichtigung, ehe die Betrüger einen ihrer Freunde »vermählen«. Und so gesehen ließ Minga genau in dem Moment, als Kola im Begriff war, ihn verschwinden zu lassen, seinerseits Kola verschwinden. Aber wer sollten Kola und Minga sein? Die Fußballspieler? Warum dann solche Zweideutigkeit? Und was zum Teufel hatte dieser Andrea damit zu tun.

»Kush e vrau miun?
Macja me ariun,
Andrea, Andrea!«

Ein Bär und eine Katze haben eine Maus getötet, also »vermählt«. Höchst wahrscheinlich eine Maus, die in den Bären »verliebt« war.

Also geht es in dem Liedchen gar nicht um die drei Fußballspieler. Ebenso wenig wie um einen Bären, eine Katze und eine Maus.

In der letzten Strophe sind nur noch Reste der Melodie erkennbar. Emilian schreit laut: »Andrea, Andrea!«. Doch niemand hört ihn mehr. Niemand weiß, was er uns sagen will. Und er selber anscheinend auch nicht.

Erlind geht aus dem Schlafzimmer zuerst in den Vorraum und dann in die Wohnküche. Er kniet sich vor das Fernsehgerät und sucht die in seiner Erinnerung gespeicherten Frequenzen der italienischen Sender ab. Vorsichtig dreht er den Schaltknopf, mit dem er das rote Stäbchen bewegen kann, das in einem mit Kunststoffglas beschirmten Schlitz zwischen Zahlen hin und her wandert. Zuweilen verzerrt sich das monotone Brummen. Die schwirrenden Punkte bilden Schwärme, die von einem Eck des Monitors zum anderen fliegen. Erlinds Hand dreht den Knopf bedächtig und so langsam, dass die Bewegung fast stockt und sich beinahe nur noch in seiner Vorstellung vollzieht. Doch nichts ändert sich am Brummen des Lautsprechers und am Schnee auf der Mattscheibe. Abgesehen von vereinzelten Schwarmformationen, die ein Bild nur erahnen lassen, bevor sie von einem Eck des Bildschirms zum anderen schweben, um sich erneut in ein rauschendes Chaos aufzulösen. Die einzige Alternative zum albanischen Staatssender sind zu dieser Jahreszeit die Sender aus Belgrad. Aber Erlinds Geschmack ist schon viel zu sehr von japanischen Mangas in italienischer Sprache geprägt, als dass er sich mit amerikanischen Zeichentrickserien wie *Scooby Doo* oder *Flintstones* auf Serbokroatisch anfreunden könnte. Er entscheidet sich für den Staatssender. Setzt sich auf das Sofa und sieht sich die Nachrichten an. Seine Mutter Ellen geht währenddessen mit einem großen Wäschekorb in der Wohnung umher, sammelt in allen Räumen Schmutzwäsche ein und trägt sie ins Badezimmer. Sie hat die Ärmel ihrer ausgeleierten roten Bluse, die sie immer bei Hausarbeiten trägt, hochgekrempelt. Ihren Sohn beachtet sie erst, als er nach ihr ruft. Sie unterbricht ihre Arbeit im Badezimmer, stellt sich neben das Sofa und sieht Erlind fragend an.

Der sagt: Nikolas Vater ist tot.

Idiot, entgegnet die Mutter. Damit treibt man keine Scherze.

Mama, sagt Erlind, das ist kein Scherz.

Sie bleibt neben ihm stehen und lauscht den weiteren Meldungen. Doch die eine, die sie erwartet, bleibt aus. Sie ist zwar weiterhin da, aber nur noch als Bestandteil der Luft, mit der sie sich vermengt hat. Für Ellen ist sie jedoch nicht wahrnehmbar. Ellen will sie auch gar nicht wahrhaben. Viel einfacher ist es zu glauben, dass Erlind einfach spinnt. Dass nach so langer Zeit, in der sie gehofft haben, er sei doch nicht krank und seine frühere Atemnot bloß Ausdruck seiner schwachen Kondition gewesen, die Krankheit doch wiederkehrt.

Ellen sagt: Du spinnst.

Ellen sagt: Sag so etwas nicht.

Ellen sagt: So etwas darfst du nicht einmal denken.

Doch während sie das sagt, spürt sie eine Unsicherheit, von der sie nicht genau weiß, ob sie ihren Ursprung in der unheilvollen Nachricht oder in der Sorge um Erlind hat. Plötzlich merkt sie, dass es wohl beides ist, und sie spürt, dass Erlind so etwas nicht erfinden kann. Sie weiß, dass er im Grunde gar nichts erfinden kann. Er hat noch nie etwas erfunden. Ganz anders als andere Kinder, die Kritzeleien anfertigen, in denen sie fantasievoll ihre Wahrnehmungen verarbeiten, hat Erlind immer nur Pferde und Cowboys gezeichnet, und dies auch erst dann, als er sie wirklich originalgetreu zeichnen konnte. Ellen steht in der Tür, den Wäschekorb unter den Arm geklemmt, und wartet auf einen weiteren Hinweis. Wartet sogar das Ende der Nachrichtensendung ab, ohne den Wäschekorb abzusetzen. Doch die Meldung kommt nicht mehr, und nach den Nachrichten sagt der Sprecher, dass das Abendprogramm wie gewohnt mit der Sendung *Musikwünsche* fortgesetzt werde.

Ellen sagt: Du spinnst, Erlind.

Aber es war in den Nachrichten, erwidert er mit Bestimmtheit.

Hör auf, sagt sie. So etwas darfst du nicht einmal denken.

Aber sie haben das mitgeteilt, verteidigt sich Erlind.

Und deshalb beginnen sie jetzt mit der Musiksendung, nicht wahr, sagt Ellen, atmet erleichtert auf und ermahnt Erlind: Sag so etwas nie mehr, das kann gefährlich sein.

Mama, das war doch wirklich in den Nachrichten, beteuert Erlind.

Hör auf, befiehlt sie. Wenn es so wäre, würden sie jetzt nicht die Musiksendung ausstrahlen.

Ich habe es aber genau gehört, widerspricht Erlind.

Vielleicht ging es um jemand anderen, dessen Name ähnlich klingt.

Nein, ich habe es genau gehört. Sie sagten, er ist ein Feind des Volkes gewesen und hat sich selbst getötet.

2

Am Nachmittag spaziert der Oberst auf der Straße zwischen den Bunkern und den drei Villen in Richtung Küstenstraße. Ein Unbekannter nähert sich ihm.

Entschuldigen Sie, sagt der Fremde, während der Oberst ihn mit einem strengen Blick taxiert. Der Mann trägt ein ausgeleiertes graues Wollgilet und alte, staubige Schuhe. Sein weißes Hemd ist am Kragen schon etwas vergilbt und hängt am verrunzelten Hals wie ein altes Halsband.

Der Fremde erregt die Aufmerksamkeit des Obersts. Der Blick des alten Mannes kommt von tief innen, wirkt nicht überheblich, sondern geduldig. Es ist ein Blick, der entstanden sein mag, weil der Fremde schon viel Leid und Zermürbung über sich hat ergehen lassen müssen und tief in sich selbst etwas entdeckt hat, was wohl nicht anders als die Unsterblichkeit seines Wesens genannt werden kann. Der fremde Mann schert sich nicht um sein ärmliches Aussehen. Aus seinem klapprigen Körper ragt der Hals hoch wie der eines Spechts. Der Oberst neigt den Kopf zur Seite. Er ist überrascht über das kleine Wesen, das in beinahe anmaßender Art ein kameradschaftliches Gehabe an den Tag legt und sich eigenmächtig das Recht herausnimmt, mit dem stolzen Oberst auf Augenhöhe zu stehen. Deshalb reckt dieser sich jetzt noch ein wenig mehr in die Höhe, und als sein Gegenüber es ihm gleichtut, sagt er kopfschüttelnd und erstaunt lächelnd: Was war Ihre Frage? Ich war gedanklich abwesend.

Wie lange braucht man bis zum Hotel »Wolga«?, fragt der Fremde.

Der Oberst kramt in seinem Gedächtnis nach Anhaltspunkten für die Identität des Fremden, dessen von Mitessern umrahmte Lider schadenfroh glühende Augen überdachen. Diese fremde Stimme ähnelt einer Reihe von Stimmen aus der Vergangenheit, doch die wenigen Merkmale, an denen sie vielleicht zu erkennen wäre, klingen unscharf und abgeschliffen. Obwohl er sich intensiv bemüht, kann der Oberst weder in der Stimme noch im Gesicht des Alten einen Hinweis finden.

Gehen Sie immer nur geradeaus, dann kommen Sie unfehlbar zum »Wolga«, antwortet er schließlich.

Gleich nach dem Museum?, fragt der Mann.

Es liegt noch ein Gebäude dazwischen. Sie müssen einfach nur geradeaus gehen, dann können Sie das »Wolga« nicht verfehlen, entgegnet der Oberst und tut so, als bemerke er nicht die wachsende Heiterkeit im Gesicht des Fremden.

Sie sind nicht von hier?, will der Oberst wissen.

Doch statt zu antworten bricht der Alte jetzt in ein wildes Lachen aus und stampft mit den Füßen auf den Asphalt.

Erkennen Sie mich wirklich nicht?, ruft er. Ich bin es doch, Miço!

Qën far qëni, flucht der Oberst. Willst du dich über mich lustig machen?

Er blickt ziemlich wütend auf den sich krummlachenden Miço und will seinen Weg fortsetzen, da hängt sich dieser kindisch quietschend in seinen linken Arm ein.

Das war lustig, ruft Miço. Geben Sie es doch zu, Herr Oberst!

Ich bin nicht dein Herr, erwidert der Oberst mürrisch. Was hat dich hierher verschlagen?

Ich habe die Aussicht auf das Meer genossen.

Hast du in deinem Leben nicht schon genug Geld verspielt?

Das Geld, Herr Oberst, erwidert Miço, das ist wie die Frauen, wenn es weg will, soll man es ziehen lassen.

Der Oberst brummt: Du wirst es wohl wissen.

Niemand, fährt Miço fort, niemand kennt das Geld so gut wie die armen Spieler.

Bist du arm?, fragt der Oberst.

Ich bin ein Spieler, antwortet Miço, und jeder Spieler ist arm.

Das können wir ein anderes Mal klären, unterbricht ihn der Oberst und will weitergehen.

Miço jedoch springt lachend um ihn herum, zufrieden über seine Verstellungskunst, mit der er den Oberst hat täuschen können. Er imitiert den Oberst, als dieser sich an ihn zu erinnern begann. Dann lacht er wieder auf und bearbeitet den Asphalt mit seinen Schuhsohlen umso heftiger, je verdrossener der Oberst dreinblickt.

Benimm dich jetzt!

Tatsächlich beruhigt sich Miço und trottet nun friedfertig neben dem Oberst einher.

Was machst du in Durrës?

Die Aussicht ..., beginnt Miço.

Erzähl mir doch nichts, unterbricht ihn der Oberst.

Mir ein Gläschen genehmigen, antwortet Miço. Kommen Sie doch mit!

Ich kann nicht, erwidert der Oberst.

Kommen Sie. Ein Gläschen hat noch keinem geschadet. Heute bin ich endlich im Plus.

Hast du dein Geld zurückgewonnen?, fragt der Oberst.

Ja, antwortet Miço.

Alles, was du verspielt hast?, fragt der Oberst.

Mit einem ironischen Lächeln antwortet Miço: Ich bin heute im Plus, vielleicht sogar noch ein paar Tage. Denn vor einer Woche habe ich ...

So genau will ich das gar nicht wissen, unterbricht ihn der Oberst, als die beiden bereits vor der Tür des Lokals angelangt sind. Sich verabschiedend, fügt er dann hinzu: Da ist das »Wolga«.

Kommen Sie doch mit, nur auf einen Schluck, fleht Miço. Ich habe sogar etwas selbstgebrannten Raki mit. Und er zieht aus der Innentasche seines Gilets ein kleines Fläschchen. Wir trinken den, sagt Miço, und dann lass ich Sie gehen.

Einige Stunden später, nachdem Miços Fläschchen längst geleert ist und die beiden Männer schon etliche Male den Kellner des »Wolga« herbeigewunken haben, damit er ihnen aufs Neue einschenke und Schafkäse mit Oliven bringe, kommt der Oberst endlich auf das zu sprechen, was er für den eigentlichen Grund dieses Treffens hält.

Das war ein ungünstiger Zeitpunkt, beginnt er, als dein Sohn mich um diesen Gefallen gebeten hat.

Ach, entgegnet Miço. Herr Oberst, darauf kommt es mir gar nicht an.

So, sagt der Oberst erstaunt.

Mein Sohn hat keine Ahnung, erklärt Miço. Keiner von diesen jungen Menschen heute hat eine Ahnung, worum es im Leben wirklich geht. Sie kommen immer mit irgendwelchen Forderungen und Bitten daher. Als müsste man ihnen stets aufs Neue beweisen, wie wertvoll sie sind. Aber darauf kommt es nicht an.

Hm, seufzt der Oberst und beugt sich über den Tisch, um kein Wort zu verpassen. Miço murmelt nun ganz leise, wie zu sich selber: Auf die Menschlichkeit. Nur auf die Menschlichkeit kommt es an.

Was meinst du damit?, fragt der Oberst.

Das ist das Höchste, was man geben kann, Herr Oberst. Alles andere ist bloß Quatsch.

Der Oberst sieht Miço mit verschleiertem Blick, aber durchaus nüchtern an. Er nimmt Miços Zigarettenpackung und fragt mit einer stummen Geste, ob er sich eine nehmen darf. Miço nickt zustimmend und fährt fort: Das bedeutet, sagt er, indem er den Kopf zur Seite dreht und mühevoll einen Zeigefinger hebt, ohne ihn jedoch ganz auszustrecken. Das bedeutet, dass ein Mensch dem anderen als Mensch begegnet, egal unter welchen Umständen.

Miços Stimmung verdüstert sich. Er lässt den Kopf hängen. Er ist gerührt. Fast möchte er zu weinen beginnen.

Das mag einfach klingen. Ist es aber nicht, lallt er, während sich sein Mund mit Speichel füllt, der in den Mundwinkeln winzige Blasen bildet. Statt zu weinen schüttelt er den Kopf. Er schnauft verbittert. Blickt hinüber zu den weißen Fenstervorhängen. Er wischt sich den Mund ab, reibt sich die Augen und, indem er sich wieder dem Oberst zuwendet und tief in dessen hellgrüne Augen starrt, beendet er seine Rede:

Das ist alles, Herr Oberst.

Dieser nickt nachdenklich, lächelt aber, sobald Miço weiterspricht:

Deshalb, Herr Oberst, will ich nicht, dass mein Enkelkind in Bajram Curr bleibt. Diese Berge dort sind so weit weg. Das ist zu schwer für den Jungen. Ich kenne ihn. Er könnte daran zerbrechen. In Bajram Curr ist alles anders. Das Leben dort ist so schwer, dass man dadurch seine Menschlichkeit verlieren kann. Legen Sie bitte ein gutes Wort für unseren Jungen ein. Mehr verlange ich nicht von Ihnen. Sein Vater ist dumm. Ich habe ihm alles aufschreiben müssen, was er Ihnen sagen sollte, und trotzdem ist er durcheinandergekommen.

Hör zu, erwidert der Oberst, dass ich damals nichts für euch tun konnte, hat nichts damit zu tun, dass mich dein Sohn nicht überzeugt hätte. Ich hatte damals eigene Angelegenheiten zu regeln.

Er ist ein Trottel. Einer, der nie verstanden hat, worum es im Leben wirklich geht. Ein richtiger Bauer ist er.

Er hat auf mich einen guten Eindruck gemacht, entgegnet der Oberst. Du solltest froh darüber sein, dass er nicht nach dir geraten ist.

Ich bin doch nicht dumm, sagt Miço. Er ist es.

Hör doch endlich auf zu lästern, rügt der Oberst sein Gegenüber.

Aber mein Enkelkind, das ist eine Seele von einem Menschen, sprudelt es aus Miço hervor. Er ergreift die Hand des Obersts und drückt sie kräftig. Dieses Leben dort wird er auf die Dauer nicht überstehen.

Hast du Angst, dass er zu zocken beginnt?, fragt der Oberst lächelnd, indem er seine Hand wegzieht.

Diese heillosen Berge!, stöhnt Miço und reibt sich die Stirn, als wäre es ihm peinlich, die Tränen, die in seine Augen schießen, nicht unterdrücken zu können.

Genug jetzt!, ruft der Oberst streng. Ich werde tun, was ich kann. Hör auf, wie ein Hund zu winseln.

Ein letztes Wort noch, Herr Oberst, und Miço erhebt wieder seinen krummen Zeigefinger.

Jetzt wirst einmal du mir zuhören!, unterbricht ihn der Oberst. Dein Sohn ist ein aufrichtiger Mann und das ist das Wichtigste. Sieh dich doch selber an! Wäre es dir lieber, wenn er wie du geworden wäre?

Aber warum bin ich so geworden?, fragt Miço herausfordernd.

Woher soll ich das wissen?, entgegnet der Oberst.

Das versuche ich Ihnen ja die ganze Zeit zu erklären, sagt Miço. Diese heillosen Berge sind schuld daran, dass ich so geworden bin. Ich war viel zu lange dort. Diese verfluchten Dörfer saugen einem das Blut aus. Die Menschen dort sind voller Argwohn. Deshalb flehe ich Sie an, unseren Jungen zurückzuholen. Und eines sollen Sie noch wissen ...

Der Oberst mustert Miço mürrisch, beinahe mit Abscheu.

Sollten Sie mir nicht helfen ..., seufzt Miço.

Was dann?, fragt der Oberst.

Wo soll ich denn sonst hingehen?, platzt er plötzlich hervor und beginnt, bitterlich zu schluchzen. Aber selbst, wenn Sie für meinen Enkel nichts tun können, fügt Miço stockend hinzu, wäre ich Ihnen keineswegs weniger dankbar, Herr Oberst, Sie haben für mich ja schon mehr als genug getan.

Der Oberst befiehlt: Wirst du wohl mit dem Gewinsel aufhören? Oder soll ich gleich gehen?

Miço hebt schweigend sein Glas und lächelt dem Oberst mit feuchten Augen fröhlich zu.

3

Es tut mir leid, sagt Lundrim, als er Jeta am Bettrand bemerkt. Ich bin eingeschlafen. Er legt eine Hand auf ihr rechtes Knie.

Das fängt ja gut an, murmelt sie.

Ich bin früher auch eingeschlafen, und das hat dich nie gestört, erwidert Lundrim.

Früher. Wie das schon klingt.

Ja, sagt Lundrim. Teilweise ist es doch auch so.

Du wolltest ja nicht mehr.

Ich?, fragt Lundrim und richtet sich auf, um ihren Nacken zu streicheln. Mit dir will ich immer!

Ich werde dich beim Wort nehmen, antwortet Jeta lächelnd. Dabei rückt sie ein wenig von ihm weg und wehrt sanft seine Zärtlichkeiten ab.

Was meinst du damit?, fragt Lundrim.

Das, was du gerade denkst, entgegnet sie und schiebt seine Schultern ins Bett zurück. Lundrim räuspert sich.

Ich bin so ungeduldig. Ich glaube, ich halte es nicht mehr aus, flüstert er und richtet sich wieder auf. Ich muss über dich herfallen. Ich kann mir jede Bewegung unserer Körper, murmelt er jetzt, seinen Mund an ihrem rechten Ohr, ganz genau vorstellen. Alles ist einstudiert. Je länger du dich weigerst, umso lebendiger werden meine Vorstellungen und umso mehr begehre ich dich.

Sie entzieht sich ihm mit einem gekünstelten Lächeln. Legt ihre Hände auf seine Brust. Drängt ihn unentschlossen zurück. Er fühlt sich dadurch angespornt fortzufahren.

Mach jetzt bitte keinen Rückzieher, fleht er.

Ich mach keinen, entgegnet sie. Aber du musst warten. Lass uns nicht dorthin zurückschlittern, wo wir waren.

Lundrim sieht sie ernst an.

Jeta erklärt ihm, dass sie sich zurückgezogen habe, weil ihre Beziehung nichts mehr außer Sex biete. Das habe sie zwar nicht weiter gestört, und es sei ja durchaus leidenschaftlich gewesen.

Ja, sagt Lundrim. Aber was sollen wir machen? Die Umstände sind leider so, wie sie sind.

Ich habe von dir viel mehr erhofft, sagt Jeta. Bei jemand anderem hätte ich mich auch mit einer ganz gewöhnlichen Affäre zufrieden gegeben, von dir habe ich viel mehr erwartet, doch es kam nichts. Du hast immer dann einen Rückzieher gemacht, als ich anfing, mich auf dich einzulassen.

Und, fährt Jeta nach einer kurzen Pause fort, unsere Liebe hat sich nicht weiterentwickelt. Im Gegenteil, sie ist eher verkommen. Ich habe gefühlt, dass du wie berauscht warst, wenn du mich berührt hast. Aber gleichzeitig habe ich auch gespürt, dass das auch schon alles war. Ich war bloß ein Ventil für all das, was du immer unterdrückt hast. Ich habe verstanden, dass du eigentlich nicht mich berührst.

Sondern?, unterbricht Lundrim sie kopfschüttelnd und mit zusammengekniffenen Augen. Komm mir nicht jetzt damit ...

Nein, ruft sie. Lass mich aussprechen! Wir haben nicht viel Zeit! Also hör zu.

Lundrim blickt sie verwundert an. Er richtet sich auf, um sich an die Wand zu lehnen.

Ich weiß nicht, wo ich beginnen soll, sagt sie. Ich habe gedacht, eine Geschichte ohne das Drumherum, ohne die Tagungen, ohne die Angst, ohne all diese Vorsicht wäre möglich. Ich habe gedacht, eine Geschichte, bei der man nicht verstecken spielen muss, wäre möglich. Ich habe geglaubt, das ist ein Menschenrecht, das einem nicht genommen werden kann. Aber offenbar habe ich mich geirrt. Je mehr wir uns einander körperlich geöffnet haben, desto mehr hast du dich von dem Menschen entfernt, den ich gesucht habe. Das war der Grund. Ich hoffe, du verstehst das.

Lundrim wittert etwas, das ihn erschüttert. Doch er weiß nicht was. Er versteht nicht, was wirklich in ihm vorgeht. Erinnerungen scheinen ihn warnen zu wollen, doch ohne genaue Hinweise wovor. Die Dinge spielen sich nur noch in seinem Innern ab. Aber das sind Regionen seines Bewusstseins, die er sich längst versperrt hat. Zugleich bemerkt er, dass er keinen Schritt weiter gehen möchte. Deshalb rechtfertigt er sich.

Ich war doch immer liebevoll zu dir, sagt er.

Ja, stimmt sie zu und blickt zu Boden. Dabei hat es so schön begonnen. Ich habe von dir gedacht: Den haben sie nicht. Den, habe ich gedacht, kriegen sie nicht. Der, habe ich gedacht, ist zu klug für sie. Er stellt alles in Frage, was ihnen heilig ist, und tut dann so, als ob ihm das unabsichtlich passiert wäre. So warst du doch am Anfang. Was ist nur geschehen?

Jenseits der Regionen seines Bewusstseins, die er betreten darf, denkt er: Das macht man doch so. Es heißt ja schließlich verführen. Normalerweise wissen das die Frauen und machen es ja nicht anders.

Was will sie jetzt?, fragt er sich, fasst sie am Kinn und hebt ihren Kopf leicht an.

Ich liebe dich, sagt er und schaut ihr dabei in die Augen.

Lundrim, auch wenn ich nicht genau weiß, was jetzt in dir vorgeht, ich kenne dich. Ich verstehe, dass du vorsichtig sein musst. Ich respektiere das. Das ist aber auch der Punkt. Ich habe gedacht, du würdest mir irgendwann genug vertrauen, um zumindest mir gegenüber so zu sein, wie du wirklich bist, und sagen, was du wirklich denkst. Aber ich habe mich getäuscht. Vielleicht ist das für dich nicht möglich.

Was habe ich mir da eingebrockt?, fragt er sich. Jeta ist übergeschnappt. Wohin soll das führen?

Wenn er könnte, würde er sein Liebesgeständnis zurücknehmen. Er öffnet den Mund, als versuche er, das Ausgesprochene in sich zurückzusaugen. Stattdessen sagt er:

Ich liebe dich wirklich.

Sie presst ihre Lippen zusammen, lächelt enttäuscht und erleichtert zugleich: Du hast sicher schon alles vergessen und dir irgendeine andere angelacht.

Ich habe nichts vergessen, widerspricht Lundrim heftig. Er beginnt von ihrer ersten Begegnung auf dem Schiff zu erzählen, wie sich damals ihre Arme leicht berührt hätten, dann auch ihre Schultern, und wie er sich an die Reling lehnen musste, damit sie nicht merke, dass er schon erregt war. Er erzählt auch von anderen Begegnungen. Wie er ihr einmal in der Fernsehfabrik auf das Damenklo gefolgt sei und sie von den Putzfrauen erwischt und mit Geschrei vertrieben worden seien, während sie ihre Gesichter unter den Arbeitsmänteln versteckten, um nicht erkannt zu werden.

Sie schweigt einige Zeit, dann fragt sie ihn, ob er alles aufgeschrieben habe, weil er sich so gut daran erinnern könne.

Nein, entgegnet Lundrim. Ich ...

Was ist es dann, das du unbedingt vergessen musst, wenn du dir solche Einzelheiten merken kannst?

Lundrim schrickt zurück. Sein Blick schweift zum Fenster, zum Waschbecken, zum Handtuch, das daneben hängt, und kehrt zu Jeta zurück, aus deren blassem Gesicht ihn leere Augen anstarren.

Tut mir leid, stammelt er. Da geht die Tür auf, und Lundrim zuckt zusammen. In der Tür steht ein Mann. Erschrocken springt Lundrim zurück. Lehnt sich an den Schrank und flüstert: Wer bist du?

Hektisch zupft er an seinem Hemd herum und fährt sich durch die Haare.

Lundrim, ich bin es, Nikola, sagt der Mann.

Was willst du hier?, flüstert Lundrim.

Nikola ist aus dem dunklen Korridor ins Zimmer getreten und setzt sich auf einen Sessel. Er schweigt. Auf seiner Stirn glänzen Schweißperlen. In der Hand trägt er einen kleinen weißen Beutel. Lundrim starrt den Beutel an. Schon will er sich über diesen Besuch, der nur ein dummer Scherz sein kann, aufregen. Da wird ihm schlagartig klar, dass es sich hier um keinen Scherz handelt. Nikola wirkt verstört. Jeta plötzlich sehr ernst. Schließlich sagt sie: Ich lasse euch allein.

Und Nikola: Beruhige dich, Lundrim.

Als die Tür hinter Jeta ins Schloss fällt, sagt Nikola: Mein Vater ist tot.

Oh nein.

Oh nein, oh nein, wiederholt Lundrim. Was ist geschehen?

Sie sagen Selbstmord.

Und du?

Ich sage nichts, außer dass er tot ist. Meine Mutter hat ihn im Schlafzimmer gefunden. Im Bett ... zugedeckt ... Loch in der Schläfe ... Das ist alles.

Mit mechanischen Bewegungen stellt Nikola den Beutel in die Mitte des Tisches und öffnet ihn. Schwarze und weiße Speisen in braunem Packpapier. An den schwarzen Oliven zerstäubt ein kleiner Lichtstrahl. Daneben liegen Köfte, die ebenfalls schwarz sind, auf zerknittertem Papier. Aus seiner Hosentasche holt Nikola ein kleines Schweizermesser hervor und beginnt den Käse, der in dem halbdunklen Raum wie Phosphor leuchtet, in kleine Würfel zu schneiden. Lundrim möchte Nikola anschreien, ihn aus seiner Betäubung herausreißen.

Mit monotoner Stimme erklärt Nikola: Ich habe gedacht, dass es besser für dich ist, wenn uns niemand sieht.

Ja, murmelt Lundrim, der das alles nicht fassen kann. Sein Blick fällt auf den Tisch. Er sieht, dass noch etwas in dem Beutel steckt. Eine Flasche Raki mit gelbem Etikette, darauf ein blaues

128

Schiff. Darüber bogenförmig der Schriftzug »Raki Durrësi«. Infiziert von der Stumpfheit seines Freundes, nimmt er die Flasche in die Hand und wirft den leeren Beutel aufs Bett. Er schraubt den Verschluss auf und nimmt einen kleinen Schluck aus der Flasche. Nikola zündet sich eine Zigarette an.

Ich habe Familie, flüstert Lundrim. Ich kann mir das nicht leisten.

Er legt Nikola, der vor sich hin starrt und raucht, eine Hand auf die Schulter. Schüttelt den Kopf. Ergreift wieder die Flasche und nimmt noch einen Schluck.

Sag doch, dass das nur ein Scherz ist, fleht er.

Nikola bleibt stumm. Schließt die Augen.

Bitte, fleht Lundrim.

Geh nur. Ich versteh das.

Lundrim sackt zusammen. Blickt wie ein verwirrtes Tier um sich.

Sie ist die Einzige, die weiß, dass wir hier sind, sagt Nikola und deutet auf die Tür, als würde dort Jetas Foto hängen.

Wir hätten uns bei mir treffen können, seufzt Lundrim.

Das wäre gefährlicher gewesen, entgegnet Nikola tonlos. Geh nur, beruhigt er Lundrim. Das ist verständlich.

Und nach einer kurzen Pause fügt er hinzu: Du musst so bald wie möglich den Lagerbestand überprüfen und schriftlich festhalten, was bis heute verbraucht worden ist. Du musst das erledigen, bevor es jemand anderer tut. Sie werden jede Gelegenheit nutzen, um mich zu verleumden. Ich muss aber verhindern, dass sie mich als Dieb hinstellen.

Und sonst?, fragt Lundrim, indem er sich aufrichtet.

Für alles andere habe ich schon gesorgt, erwidert Nikola. Das ist alles, was ich von dir brauche. Jetzt geh, ich will allein sein.

Jetzt ist es zu spät, widerspricht Lundrim. Jetzt bleibe ich da.

Lass mich allein und geh, bitte, wiederholt Nikola eindringlicher.

Ich lass dich auf keinen Fall hier allein!

Ich werde sagen, dass ich nichts davon gewusst habe. Genau, ruft Lundrim fast munter: Genau! Lass uns einfach sagen, dass wir nichts davon wussten!

Nikola schüttelt den Kopf.

Hör zu, sagt er. Unten sitzt dein Schwiegervater und betrinkt sich. Ich weiß nicht, mit wem er das tut, aber sicher wurde der Typ auf ihn angesetzt: Also, dein Schwager soll ihn so bald wie möglich abholen, bevor er etwas sagt, was euch allen teuer zu stehen kommt.

Ich kann dich nicht allein lassen, murmelt Lundrim.

Du musst, entgegnet Nikola. Wenn du das Inventar erledigst, hast du alles getan, was du für mich tun kannst. Der Rest wäre nur Quatsch. Würde niemandem etwas bringen. Du würdest nur alles aufs Spiel setzen. Das weißt du doch selber. Es würde nichts mehr ändern.

Was willst du machen?, fragt Lundrim, während er die Speisen und die Flasche auf dem Tisch fixiert.

Nikola wiederholt tonlos: Ich werde etwas essen, einen Schluck Raki trinken und mich ein wenig hinlegen. Dann werde ich versuchen, meine Frau und meine Kinder zu sehen. Bis man mich festnimmt. Das ist mein Plan. Vor allem müssen wir alle jetzt vernünftig sein und kühlen Kopf bewahren. Geh, bevor es zu spät ist. Ich werde sagen, du hast mich im Stich gelassen. Verschwind also! Sie meinen, wir sind alle Agenten.

Wer?, fragt Lundrim.

Die ganze Familie, entgegnet Nikola. Sie sind krank, sie fürchten sich vor ihren eigenen Schatten.

4

Der Lehrer beugt sich über das Klassenbuch. In den Zeilen, die für die Schüler bestimmt sind, welche nach dem Aufrufen ihres Namens nicht antworten, trägt er feinsäuberlich »m« für »mungon« ein, was im Albanischen »abwesend« heißt. Der Rest der Klasse versinkt in eine selbstvergessene kollektive Benommenheit. Manche möchten die Augen schließen, um so auf zauberhafte Weise zu verschwinden. Die Stille, die jetzt im Klassenzimmer herrscht, lässt vermuten, dass sich aus dem kleinen, blauen »m« heraus die Abwesenheit im ganzen Raum ausgebreitet hat. Zuerst erfasst sie den Lehrer, der die Gegenstände auf seinem Tisch ordnet, als würde er Geister beschwören. Dann erhebt er sich und hängt über der Tafel eine Landkarte Albaniens auf. Die Schüler beschleicht eine Mischung aus ehrfürchtiger Betäubung und Angst. Die Betäubung geht von den Bewegungen des Lehrers aus, die Angst vor der Unvorsehbarkeit des Kommenden. Die Ehrfurcht entströmt dem Moment, in dem Geist und Körper wie zwei feste Gegenstände, die nichts mehr verbindet, sich voneinander trennen. Der Unterricht beginnt.

Kannst du mir die Himmelsrichtungen zeigen?, fragt der Lehrer Erlind, der den Kopf ganz langsam auf und ab bewegt, um die Gleichgültigkeit, die ihn in der Geografiestunde immer befällt, unauffällig abzuschütteln. Erlind steht auf, geht zur Tafel und steht vor der Klasse. Seit ein paar Jahren schon besucht er die Schule. Doch jetzt erst wird ihm bewusst, dass er endlich aufwachen muss. Alle Augen sind auf ihn gerichtet. Die Klassenkameraden betrachten ihn teils neugierig, teils schadenfroh. Um jene, die Mitgefühl zu haben scheinen, steht es eigentlich schlimmer als um ihn selbst, deshalb können sie sich so gut in seine Lage versetzen. Nun werden sie sehen, was ihnen blüht, wenn auch sie früher oder später in Geografie drankommen werden. Der Lehrer, der aus der im tiefsten Norden Albaniens liegenden Stadt Bajram Curr nach Durrës gekommen ist, hat es sich zum Ziel gesetzt, der Reihe nach alle ihm anvertrauten Schüler aufzuwecken. Als ersten hat er sich Erlind ausgesucht.

Beginnen wir mit dem Norden, schlägt der Lehrer vor. Erlind lässt seinen Blick über die Klasse schweifen, die sich vor Kurzem in zwei verfeindete Lager geteilt hat: Jungen gegen Mädchen. Innerhalb der Mädchengruppe gibt es allerdings auch zwei oder drei Buben. Einer davon ist Artur. Er wird »Turi« genannt und von allen Kindern für den Zweitstärksten der Klasse gehalten. Er hat eine Stupsnase und trägt eine Elvisfrisur, die seinen Kopf in die Länge zieht. Dadurch wirkt er etwas größer, als er tatsächlich ist. Manches an seinem Wesen flößt Furcht ein. Angefangen von der Kurzform seines Namens, denn die Hälfte aller Halbstarken in Durrës heißt Turi, und bei jeder Rauferei fällt dieser Name – die einen rufen ihn zur Hilfe herbei, die anderen verfluchen ihn –, bis hin zu seiner Frisur. Es gibt nämlich in der Klasse, ja sogar in der ganzen Schule keinen, der eine so gepflegte Frisur trägt wie Artur. Niemand will sich mit ihm anlegen. Geschieht es aber trotzdem, springt Turi auf und über die Bänke und schreit so laut, dass die meisten Schülerinnen und Schüler aus Angst auf den Gang flüchten. So wird jeder Versuch, die hierarchische Ordnung in Frage zu stellen, schon allein durch einen angedrohten Wutausbruch im Keim erstickt.

Wo ist Norden?, hört Erlind den Lehrer fragen.

Er blickt zu seinen besten Freunden, die wissen aber nicht einmal, wo ihr Lehrbuch steckt, in dem sie den Norden suchen könnten. Sie zucken hilflos mit den Achseln, machen lange Gesichter, ziehen die Mundwinkel nach unten und erwidern in stummer Resignation seinen Hilfe suchenden Blick. Die Mädchen hingegen wechseln mit ihren Buben geheime Handzeichen. Erlind überfliegt noch einmal die Gesichter der Mitschüler, dann geht er zur Tafel, über der die albanische Landkarte hängt, stellt sich auf die Zehenspitzen und deutet mit dem Zeigefinger nach oben.

Aha, sagte der Lehrer. Das ist wenigstens etwas.

Diese Bemerkung erregt kindisches Kichern, vor allem in den ersten Reihen, während alle, die weiter hinten sitzen, eher damit beschäftigt sind, sich bedeckt zu halten, um nur ja nicht aufzufallen. Erlind schickt ein verstohlenes Blinzeln und ein kleines Lächeln zu seinen zwei besten Freunden, die in der letzten Reihe neben dem Fenster sitzen.

Also du meinst, fragt der Lehrer mit süffisanter Stimme, der Norden ist oben?

Ja, antwortet Erlind und zeigt wieder auf den oberen Teil der Landkarte. Er hofft, dass der Lehrer diese Frage, die er jetzt wiederholt, als eigene wertet. Dann hätte Erlind nur noch eine weitere Frage zu beantworten. Er hat vergessen, dass der Lehrer von ihm die Bestimmung aller vier Himmelsrichtungen verlangt.

Und warum?, lautet nun die Frage aus der Richtung des Katheders.

Weil, beginnt Erlind, der Nordpol oben ist.

Aber die Erde dreht sich doch, wendet der Lehrer ein.

Ja, stimmt Erlind zu.

Ja, was?, fragt der Lehrer.

Ja, die Erde dreht sich, antwortet Erlind.

Also bist du damit einverstanden?, fragt der Lehrer ironisch.

Ja, schon, sagt Erlind, das haben Sie doch in der letzten Stunde gesagt.

Ach, deshalb also, sagt der Lehrer.

Nein, sagt Erlind.

Sondern?, fragt der Lehrer.

Sondern, weil es so ist.

Nun ja, meint der Lehrer kopfschüttelnd. Lassen wir das. Sag mir lieber, wie kommt es eigentlich, dass der Nordpol immer oben ist, wenn die Erde sich dreht?

Die Erde dreht sich um die eigene Achse, antwortet Erlind.

Und weiter?, versucht der Lehrer mit einer Handbewegung den Antwortfluss des Schülers anzutreiben.

Und weiter?, wiederholt Erlind.

Was heißt das für uns?

Das heißt, sagt Erlind, dass die Achse sich nicht dreht.

In der Klasse bricht schallendes Gelächter aus. Jetzt lachen alle, die guten und die schlechten Schüler, Mädchen und Buben. Selbst Erlind versucht sich an der allgemeinen Heiterkeit zu beteiligen. Aber es gelingt ihm nicht ganz. Schließlich richtet er sich auf und fixiert die Landkarte. Mit einer nachlässigen Geste deutet er auf den rechten Teil der Karte.

Was ist das?, fragt der Lehrer.

Das ist der Norden, erklärt Erlind mit ernstem Gesichtsausdruck.

Der Lehrer schweigt irritiert.

Und der Westen?, fragt er. Wo ist dann der Westen?

Erlind hat sich eingeprägt, dass Norden und Süden einander gegenüberliegen, ebenso wie Westen und Osten. Das ist alles, was er weiß. Der Rest des Stoffes ist für ihn aufgrund der Aufregung und der Zwischenfragen zu einer amorphen Masse geworden.

Die meisten Schüler melden sich nun nahezu hysterisch, um die Frage zu beantworten. Inzwischen wissen alle, wo sich die Himmelsrichtungen befinden. Außer Erlind, der an der Tafel steht. Er wendet sich hilfesuchend der Klasse zu. Die Mitschüler schauen ihn an und machen eigenartige Mundbewegungen. Einige fuchteln wild mit den Armen. Manche geben sogar leise Geräusche von sich, die an röchelnde Tiere erinnern. Oder an Filmfiguren, die Geheimnisse verraten, obwohl sie das mit dem

Tod bezahlen könnten. Der Eifer, mit dem sie ihm zu helfen versuchen, schmeichelt ihm. Er lächelt und blickt mit Stolz auf den Lehrer.

Dieser ermahnt die Klasse, ruhig zu sein. Dann schüttelt er den Kopf und fragt Erlind, der mit dem Zeigefinger auf den oberen Teil der Tafel zeigt, was er damit sagen will.

Dort, antwortet Erlind selbstbewusst, dort ist Norden.

Alle lehnen sich entspannt zurück. Es wird völlig still. Der Lehrer fragt: Und warum?

Das weiß ich nicht, antwortet Erlind trotzig.

Sich von Erlind abwendend schaut der Lehrer nachdenklich auf die Wohnanlage gegenüber der Schule und das schwarze Spielfeld, das zwischen den zwei Gebäuden liegt. Er streicht sich über die Glatze. Um seinen Mund entfaltet sich ein verschmitztes Lächeln. Offenbar eine unbewusste Reaktion auf seine Gedanken. Nun kratzt er sich an der rechten Schläfe. Sein Lächeln wird breiter, als würde er sich selber kitzeln. Gleichzeitig scheint er redlich bemüht zu sein, sich aus Erlinds Antworten einen Reim zu machen. Doch die Antworten, und das scheint der Gedanke zu sein, der seinen Bemühungen, Erlind zu verstehen, in die Quere kommt, sind absurd. Und wiewohl der Anstand es ihm verbietet, sich darüber lustig zu machen, ein säuerliches Lächeln vermag er nicht zu unterdrücken.

Erlind will den Lehrer schon bitten, die Prüfung abzubrechen, als hinter dessen Schultern im fünften Stock des gegenüberliegenden Gebäudes das Schlafzimmerfenster seiner Wohnung aufgeht. Erlind ist überrascht. Um diese Zeit ist sonst niemand zu Hause. Seine Mutter scheint heute früher zurückgekommen zu sein. Sie steht jetzt am Fenster und putzt mit einem Tuch die davor gespannte Leine, ehe sie die Wäsche zum Trocknen aufhängt. Allein der Umstand, dass er seine Mutter sehen kann, erregt in Erlind eine nie zuvor empfundene Sehnsucht nach ihr. Ihre Bewegungen bewirken, dass er den Zugang in sein Inneres wiederfindet.

Auch der Tigermensch, der Held seiner Lieblingszeichentrickserie, die er an den Sommerabenden im italienischen Fernsehen verfolgt, erblickt in den schwierigsten Situationen aus den Augenwinkeln heraus etwas, das ihn tröstet und ihm Kraft gibt. Meistens ist das eines der Kinder aus dem Waisenhaus, in dem die Freundin des sensiblen Wrestlers arbeitet. Die Augen des Kindes füllen sich mit Tränen, während ein brutaler Gegner erbarmungslos auf sein Idol einschlägt. Aber Uomotigre, der gegen das Böse kämpft, wird siegen. Uomotigre, der nur für die Freiheit in den Ring steigt. Einsam und geheimnisvoll schreitet er durch dunkle Gassen, aber er hat ein großes Herz, deshalb kann niemand diesen Helden besiegen. So heißt es im Titellied, und so geschieht es auch in jeder Folge. Zerfetzte Gesichter füllen den Bildschirm. Verwilderte Zuschauer brüllen den Kämpfenden zu, keine Gnade zu zeigen. Alle um den Ring herum sind berauscht von Grausamkeit und wirken dadurch so austauschbar, dass Erlind bei diesen Szenen immer nachdenklicher wird. Man sollte, denkt er, zeigen, was im Ring geschieht und nicht die Zuschauer ins Bild bringen, wo es doch nur darum geht, ob dem Tigermenschen das entscheidende Ausweichmanöver gelingen wird oder nicht. Doch zum Glück hat sich inzwischen im Ring gar nichts getan. Der Held liegt immer noch am Boden, während der verhasste Gegner mit jedem Schlag seinem Triumph näher kommt. Jetzt steigt er auf einen Eckpfosten des Kampfrings und springt mit Wucht los, um seinen messerscharfen Ellbogen in Uomotigres Leib zu bohren. Mit letzter Kraft schafft es dieser, sein Tigergesicht zu heben. Sein Blick folgt einer Kinderstimme. Sie kommt aus den hinteren Reihen. Eingezwängt zwischen grölenden Riesen mit winzigen Köpfen, entdeckt er einen Jungen, dessen Augen ihn an ein überlaufendes Waschbecken erinnern müssten. Obwohl seine Stirn stark blutet und er schon minutenlang von seinem Gegner malträtiert wird, gibt ihm die Anwesenheit des Kleinen aus dem Waisenhaus Kraft, den Kampf fortzusetzen, und er kann dem nächsten Angriff des Gegners, der in seinem finalen Anflug wie eingefroren wirkt, mit letzter Kraft gerade noch ausweichen.

Die Stimme des Lehrers reißt Erlind aus dessen Gedanken. Der Lehrer setzt die Prüfung mit zusätzlichen Fragen fort, um Erlind keine schlechte Note geben zu müssen. Dieser bringt allerdings nicht mehr als ein knappes »Aha« hervor. Aufmerksam blickt er auf das Fenster im fünften Stock des gegenüberliegenden Gebäudes und verfolgt die Handgriffe seiner Mutter. Sie schüttelt die Kleidungsstücke aus, bevor sie diese auf die Leine hängt. Dann streicht sie über den noch feuchten Stoff, spannt ihn, damit keine Falten entstehen, und befestigt ihn mit Wäscheklammern an der Leine.

Statt den Worten des Lehrers lauscht Erlind den Geräuschen aus der Wohnung. Lichtreflexe springen von einem Raum in den anderen. Er glaubt, dass Uomotigre in den entscheidenden Momenten seiner Kämpfe genauso empfindet. Und die Tatsache, einem Schlüsselmoment aus dem Leben seines Idols auf die Schliche gekommen zu sein, ist mehr als genug, um Erlind über die verpatzte Prüfung hinwegzutrösten. Er verkriecht sich in sein Kindsein, und je mehr er das tut, umso erwachsener fühlt er sich. Wie Zeichen in einem magischen Buch führen ihn die Bewegungen der Mutter am Fenster an eine Erkenntnis heran, die ihn unantastbar macht. Er liest sie lautlos und unauffällig. Entdeckt dabei zwar nichts Greifbares, spürt aber eine deutliche Überlegenheit dem Lehrer gegenüber.

Der fordert jetzt die Klasse auf zu bestätigen, dass er die Himmelsrichtungen bereits eingehend erklärt habe. Das sei doch ein Thema, das man nicht ständig wiederholen müsse. Er werde es nach dieser Enttäuschung überhaupt nicht mehr erwähnen. Er wolle sich und der ganzen Klasse solche Peinlichkeiten in Zukunft ersparen.

Erlind schreitet die Bankreihen entlang nach hinten zu seinem Platz. Ein letztes Mal sieht er zu dem Fenster im fünften Stock hinüber. Nun ist es geschlossen. In der Wintersonne leuchten die Kleider wie exotische Briefmarken.

Plötzlich sagt Erlind zum Lehrer: Ihre Fragen haben mich nur verwirrt.

Durch die Klasse weht ein kurzes Raunen, das, als der Lehrer aufschaut, sogleich verstummt. Erlind vernimmt nur ein ganz leises »Pst« von seinem Sitznachbarn. Der Lehrer beugt sich mühsam über das Klassenbuch, als kämpfe er gegen einen heftigen Widerstand. Er sieht jetzt aus wie die Partisanen, die in den Filmen *Die Internationale* summen, während sie in den Armen ihrer Kameraden mit dem Tod ringen.

Müssen Sie denn die Note eintragen?, fragt eine Stimme aus den hinteren Reihen.

Möchtest du noch eine Chance?, fragt der Lehrer Erlind.

Ach, antwortet Erlind lächelnd. Machen Sie doch, was Sie wollen.

Was soll das heißen?!

Erlind lehnt sich zurück, verschränkt die Arme und sagt:

Das wüssten Sie gern, nicht wahr?

Er hätte selbst gerne gewusst, was er meint. Ungewollt waren ihm die Worte über die Lippen gekommen. Sie hatten sich ihm aufgedrängt. Die Bilder, die er heraufbeschworen hatte, um sich zu schützen, hatten sich offenbar verselbstständigt und in die Situation eingegriffen. Dass er damit einerseits die Überlegenheit des Lehrers anerkannte, andererseits jedoch die Flucht in eine andere Welt ergriff, die diesem nicht zugänglich war und deshalb Verständnislosigkeit auslöste, konnte Erlind vielleicht teilweise ahnen, aber ganz bewusst war ihm das nicht. Letztlich war die

Welt, in die Erlind mit seiner Frage ausgewichen war, auch ihm selbst nur über die Zeichentrickfilme bekannt. Im Grunde hatte er bloß einen Ausweg gesucht und war dabei er auf diesen Satz gestoßen.

Die Mädchen beschäftigt indes eher Erlinds Theorie über die fixe Erdachse.

Uh, piepsen sie in der Pause. Wie tiefsinnig! Und das unbändige Gelächter aus der Geografiestunde erschallt wieder. Wenn er aber eine der offensichtlich Verdächtigen dafür zur Rede stellt, entgegnet diese, dass sie kein Wort gesagt habe und Erlind sich die Ohren waschen solle. Die Mutigeren hingegen sagen, das sei ja bloß eine Feststellung gewesen und man könne niemandem das Reden verbieten.

Der Mutigste aus der Mädchengruppe, Turi, pflanzt sich jedoch vor Erlind auf und ruft:

Die Achse dreht sich nicht!

Erlind möchte keineswegs mit Turi oder den anderen Jungen aus der Mädchengruppe tauschen. Ja, er meidet die Mädchen, als würde ihre Nähe seine aufkeimende Männlichkeit einschränken. Dabei ist es ihm, als erinnerten sie ihn an etwas, das er auf keinen Fall vergessen will.

Dieser Widerspruch ist für ihn körperlich spürbar. Und es fällt ihm schwer zu begreifen, dass es vielleicht gar nicht so sein müsste, und dass auch er wie einer der zwei oder drei Jungen sein könnte, die sich den Mädchen angeschlossen haben. Er denkt wieder an seine Helden, die Wrestler und die Cowboys, deren Abenteuer er während des Sommers im Fernsehen verfolgt. Diese Gestalten stehen allein in unendlichen Landschaften des Nichts. Dort haben sie zu entscheiden, ob sie einen Bösewicht aus dem Weg räumen oder nicht. Und sie entscheiden sich immer, ohne einen Laut von sich zu geben. Sie neigen den Kopf leicht nach rechts, kneifen die Augen zusammen, das rechte etwas mehr als das linke, und blicken, von der Sonne geblendet, ihre Gegner scharf und grimmig an. Genauso steht Erlind jetzt vor Turi, während die übrigen Schüler sie umringen.

Ist was?, fragt Turi mit lässiger Beiläufigkeit.

Nichts, erwidert Erlind leise, duckt sich ein wenig und blickt Artur fest in die Augen. Er lächelt bitter, und plötzlich landet ein rechter Haken auf Arturs Kinn. Dieser taumelt benommen ein paar Schritte zurück und stützt sich an einer Bank ab. Um Erlind herum entsteht ein Gewirr von erstaunten Stimmen, aufgerissenen Augen und offenen Mündern. Die einen bejubeln ihn. Die anderen schreien ihn an. Manche kümmern sich um Artur, der den Kopf in den Nacken wirft und einen Taschentuch-Zipfel ins Nasenloch gesteckt bekommt, um den Blutfluss zu stoppen.

Er blutet aus der Nase, rufen Erlinds Freunde vergnügt.

Schäm dich, was ist das für ein Benehmen, kreischen die Mädchen.

Erlind bahnt sich einen Weg zu seinem Platz in der letzten Reihe. Er hockt sich auf seinen Sessel und verbirgt sein Gesicht in den Händen. Er versucht zu denken. Doch kein einziger Gedanke kommt ihm in den Sinn. Nur die Ahnung, dass Artur mit dem Taschentuch in der Nase zu ihm kommen und auf ihn eindreschen wird.

Eines der Mädchen aus seiner Klasse, Rosella, drängt sich durch die Schülermenge zu ihm. Er hebt den Blick. Ihre schwarze, lockige Ponyfrisur umrahmt ihr schneeweißes, rundes, mit Sommersprossen gesprenkeltes Gesicht. Er wundert sich, dass sie zu ihm kommt, und lächelt ihr stumm zu. Sieht sie dankbar an. Versteht aber nicht, weshalb sie sein Lächeln nicht erwidert, sondern ihn mit herber Miene anstarrt, während ihre Lippen sich langsam bewegen. Er hört auch nicht, was sie sagt. Ihre Stimme geht im Jubel der Jungen unter. Er betrachtet ihren Mund, der die gleiche Farbe hat wie das Blut, das Artur aus der Nase rinnt.

Mit einiger Anstrengung gelingt es ihm schließlich, an den Lippenbewegungen den Inhalt ihrer Worte abzulesen.

Wie ein Tier, murmelt sie. Du bist brutal wie ein herzloses Tier. Eine Schande für die ganze Schule. Ich werde dem Klassenvorstand sagen, wie du Turi zugerichtet hast. Wie kann man nur so etwas tun?!

Erlind runzelt die Stirn, will sich bei Rosella entschuldigen, aber stattdessen sagt er ganz ruhig und bestimmt: Verpiss dich doch, du blöde Kuh.

SCHATTEN

Der Gastgarten des Hotels »Wolga« ist einem riesigen Betonplatz gewichen. Dort, wo früher an Sommerabenden die Band Jazzstandards und italienische Schlager in einem mit rotem Leinen überdachten Zelt spielte, sticht jetzt das überdimensionale Denkmal des unbekannten Soldaten in den kalten Novembernachthimmel. Es überschattet den ganzen Platz. Das Bronzehemd des Unbekannten flattert im Wind, ebenso wie jenes des Volkshelden, dessen Statue seit Langem neben dem Hotel inmitten des Platzes vor der Hafeneinfahrt steht. Während Lundrim sich an die alte Skulptur schon gewöhnt hat, erweckt die neue den Eindruck, als könnte sich die darin enthaltene Ungestümheit jeden Augenblick befreien, um die Menschen um sie herum anzufallen. Die Figur des Volkshelden hingegen befindet sich bereits so lange auf dem Platz, dass ihr alarmierend in Richtung Meer ausgestreckter Arm bereits etwas von einer stummen hysterischen Geste angenommen hat, die niemand mehr beachtet. Sie strahlt eher überspannte Fürsorglichkeit aus, auch wenn die Waffe, die dem Helden inzwischen wohl schon lästig geworden sein müsste, den Betrachter immer noch beunruhigen könnte. Ganz im Gegensatz zu dem Helden, der ja vor den Angreifern aus dem Meer warnt, steht der Unbekannte Soldat der Stadt zugewandt, als wäre er im Begriff, sie zu überfallen. Das Gewehr streckt er mit beiden Armen über den Kopf und zielt so auf die Menschen, die aus dem Hotel kommen.

Es ist schon dunkel, als Lundrim auf dem Heimweg den Schulhof überquert. Die Stimme der Sopranistin, die in einem der Klassenzimmer übt, dessen Fenster auf den Hof geht, hört er heute nicht. Das Fenster ist zwar erleuchtet, wie in den anderen Nächten auch, als er von seinen Verabredungen mit Jeta kam, aber geschlossen. Stets war es diese Stimme, die eine Grenzlinie zwischen seinen Abenteuern und der Familie zog. Sie trennte die beiden Welten säuberlich voneinander.

Selbst wenn die Leute Ellen auf Lundrims Eskapaden ansprachen und sie ihn dann zornig und verzweifelt anschrie und drohte, sich scheiden zu lassen: Solange er beim Übertritt von der einen in die andere Welt von dieser Stimme begleitet wurde, erschien ihm alles möglich und erlaubt.

Nun hört er nur das Tuscheln der Kinder, die am anderen Ende des Hofs auf der Mauer hocken. Als sie ihn allein über den Hof gehen sehen, unterbrechen sie ihre leisen Gespräche. In dem so entstandenen Schweigen gleichen sie Schatten, die vor Verlangen nach Farben und Körpern zittern.

5

Ein stiller, älterer Mann in einem verwaschenen blauen Mantel führt Lundrim in einen Raum im obersten Stockwerk des Rathauses von Durrës. Vor dem riesigen Fenster, das auf den hellen Platz mit dem trockenen Springbrunnen hinabschaut, steht ein Tisch. Ein Mann mit Glatze, Hakennase und rundem Gesicht sitzt dahinter. Es ist der Direktor der Stadtpolizei, und er spricht mit einem lässigen Durrës-Akzent. Ein wenig wie die Halbstarken. Allerdings lispelt ein wenig, was einen dazu verleiten könnte, ihn nicht ganz ernst zu nehmen. Neben dem Tisch sitzt eine weitere Gestalt in grauem Anzug. Lundrim kann ineinander verschränkte Arme, überschlagene Beine und glänzende Schuhe aus Lackleder erkennen, nicht aber das Gesicht. Der Polizeidirektor und der andere Mann schweigen. Lundrim auch. Dann räuspert sich der Direktor und informiert Lundrim von den Vergehen der Familie Nushi. Schließlich fragt er ihn, ob er etwas davon geahnt oder gewusst hätte.

Nein, nichts, antwortet Lundrim.

Welche Verdachtsmomente hast du gehabt?, fragt der Mann im Dunklen.

Keine.

Lundrim verurteilt alle Familienmitglieder nachdrücklich, prangert alle Handlungen an, die sich gegen die Partei und die Diktatur des Proletariats richten. Er betont, dass er für die Partei und den Aufbau des Sozialismus sein Leben geben würde. Natürlich hätte er unter anderen Umständen sämtliche Verbindungen zu solchen Individuen abgebrochen. Es sei selbstverständlich verwerflich, dass er ihre verbrecherische Haltung dem Volk und dem Sozialismus gegenüber nicht erkannt habe. Sie hätten nicht nur die Partei getäuscht, sondern auch ihn. Dass er ihnen nicht auf die Schliche gekommen sei, bedrücke ihn selbst am meisten. Das werde ihm, so hoffe er inständig, dank der Großherzigkeit der Partei und deren Vorsitzenden Enver Hoxha hoffentlich vergeben. Sei er doch ein absoluter Verfechter des Marxismus-Leninismus und verurteile aufs Schärfste jegliches revisionistische Gedankengut.

Der Mann im Schatten fragt: Worüber habt ihr im Hotel gesprochen?

Seine Stimme ist sanft. Sie schwebt elastisch durchs Zimmer. Lundrim zuckt zusammen.

Davon weiß ich nichts.

Warum bist du nicht Mitglied der Partei?, fragt der Mann. Wenn du doch ein überzeugter Marxist bist.

Ich habe bereits mehrmals eine Parteimitgliedschaft beantragt, erwidert Lundrim.

Der Polizeidirektor erhebt sich und zaubert aus einer Ecke des Zimmers eine elegant gekleidete Frau hervor. Sie trägt ein schlichtes, eng anliegendes graues Kleid, das ihr bis knapp unter die Knie reicht.

Lundrim beugt sich vor, um das Gesicht, das er nur im Profil sehen kann, besser zu erkennen.

Jeta!, ruft er plötzlich verwirrt aus.

Sie schweigt und bleibt gesenkten Hauptes neben dem Tisch stehen. Von seiner Couch im Dunkeln aus erkundigt sich der lacklederbeschuhte Mann: Worüber haben sich die beiden unterhalten?

Er hat den Feind der Arbeiterpartei mit deutlicher Entschlossenheit verstoßen, flüstert Jeta.

Lundrim würde gerne in das Gespräch eingreifen, aber er hat Angst. Er hat schon einmal, in jener verhängnisvollen Sitzung, unbedacht das Wort ergriffen, in einer Situation, die verglichen mit dieser hier völlig harmlos war. Nun wird von ihm erwartet, sich selbst zu retten, aber er bringt keinen Ton heraus, starrt unverwandt auf das glänzende Schuhwerk des Mannes ohne

Gesicht, der aus seinem Schatten heraus Jeta jetzt befiehlt, den Raum zu verlassen.

Nun, wendet sich der Polizeidirektor in seiner Schlussrede an Lundrim, wir wollen keine einzige Meldung mehr erhalten, in welcher dein Name auch nur beiläufig erwähnt wird. Für deine Verhältnisse hast du dir schon viel zu viel geleistet. Nicht nur, dass du ein Verhalten an den Tag gelegt hast, dass deiner revisionistischen Herkunft entsprechend brutal und rücksichtslos ist. Du hast es gewagt, dich auf verabscheuenswürdige und hinterhältige Weise über die Gesetze der Diktatur des Proletariats hinwegzusetzen.

Lundrim stammelt etwas, doch da schreit ihn der Polizeidirektor an: Wie kannst du es wagen, Gleitzeiten einzuführen, ohne mit den zuständigen Parteiorganen Rücksprache zu halten? Denkst du, dass du hier bei IPM bist?

Lundrim blickt den Polizeidirektor verwundert an.

IBM, verbessert der Mann im Schatten.

Entschuldigung, sagt der Polizeidirektor und versucht es nochmals: Dass du hier bei IDM bist.

IBM, wiederholt der andere und flucht: Trottel!

Entschuldigung, murmelt der Polizeidirektor.

Und dann wendet sich der Mann in der dunklen Ecke an Lundrim: Ich werde dir auch etwas sagen, damit wir sicher gehen können, dass du uns verstanden hast. Solltest du, revisionistischer Bastard, noch ein einziges Mal versuchen, dich aufzulehnen, werde ich dich persönlich um einen Kopf kürzer machen, verstanden!

Aber, stammelt Lundrim und richtet seinen Blick auf das Antlitz von Enver Hoxha, der aus einem über dem Fenster angebrachten Portrait auf Lundrim herablächelt.

Kaum hat er das Rathaus verlassen, eilt Lundrim unverzüglich nach Hause und holt aus dem braunen Reisekoffer im Schlafzimmer die Familienfotos hervor. Er betrachtet jedes einzelne ganz genau. Versucht die Gestalten zu identifizieren. Die meisten sind nächste Angehörige von ihm oder seiner Frau. Fotos mit seinen Schwiegereltern hält er für unbedenklich. Sobald er jedoch seine Mutter oder seinen Vater im Kindesalter ausmacht, umgeben von anderen, älteren oder gleichaltrigen Personen, zerknüllt er das Foto und wirft es in einen gelben Kübel, der neben dem Bett steht. Bei einigen Bildern bleibt er länger hängen. Er mustert ausgiebig die Gestalten und deren Konturen, die sich in einem gelblichen Nebel aufzulösen drohen. Er dreht die Fotos um in der Hoffnung, auf der Rückseite Anhaltspunkte zu den Abgelichteten zu finden. Sorgfältig entziffert er die Namen seiner Verwandten, die auf die Rückseiten der Fotos geschrieben sind, schließlich zerknüllt er genervt Bild um Bild.

Die Kinder fragen Ellen leise: Ma, was macht Babi?

Fragt ihn selber, erwidert die Mutter schroff. Sie lehnt im Türrahmen und fragt, nachdem sie ihrem Mann bei seiner Säuberungsaktion eine Weile zugeschaut hat: Warum wirfst du die Bilder weg, auch wenn du nicht weißt, wer darauf ist?

Er schweigt.

Du kannst ja die Leute wegschneiden, die du nicht kennst.

Meinst du, das geht?, fragt Lundrim.

Sicher, entgegnet Ellen.

Er seufzt.

Sei doch nicht so ein Feigling. Die können dich ja nicht für etwas bestrafen, das es gar nicht gibt.

Hast du eine Ahnung!

Du bist ein Feigling.

Das sagt Ellen aber weder spitz noch überheblich, sondern in einem Ton, der so klingt, als könne sie die Geheimniskrämerei ihres Mannes nicht länger ertragen. Lundrim schaut auf. Er versucht in ihrem Blick wenigstens einen Hauch von Zusammengehörigkeitsgefühl zu spüren, ein winziges Anzeichen dafür, dass sie noch an ihn glaubt. Sie jedoch wiederholt:

Feigling.

Du kannst ja versuchen, mutig zu sein. Ich bin feig, antwortet Lundrim.

Das ist der längste Satz, den er seit Tagen gesagt hat. Und wenn es sie auch ein wenig beruhigt, dass er endlich wieder spricht, und ein wenig tröstet, dass sein Schweigen wenigstens für einen Augenblick gebrochen wurde, so ärgert es sie, dass er ihr eingesteht, feig zu sein, und daraus eine Art Mutprobe zu machen scheint. Sie geht auf ihn zu, reißt ihm die Fotos aus der Hand und sagt energisch: Jetzt mache ich das!

Lundrim schnappt den Kübel und verschwindet ins Badezimmer, wo er die verdächtigen Fotos verbrennt.

Ellen schneidet vorsichtig die möglicherweise kompromittierenden Gestalten aus, zieht eine Trennlinie zwischen Mut und Angst. Als sie damit fertig ist, geht sie in die Küche, wo die Familie fernsieht. Sie erklärt Lundrim, dass sie auch die Prägung auf der goldenen Münze zerstört hat. Er springt auf. Sie eilen gemeinsam ins Schlafzimmer und stehen vor dem mit Erinnerungsstücken übersäten Bett. Ellen präsentiert Lundrim die Früchte ihrer Arbeit. Er jedoch, übermüdet, meint nur, dass es ein Blödsinn gewesen sei, die Münze zu zerstören.

Aber darauf war etwas Religiöses abgebildet, sagt Ellen.

Na und?, antwortet er achselzuckend.

Da sie es nie gewagt haben, die Münze schätzen zu lassen, kennen sie ihren tatsächlichen Wert nicht. Trotzdem ist sie für die beiden sozusagen ein letzter Notanker in gefährlichen Situationen, und Lundrim hält es für völlig widersinnig, dass Ellen gerade jetzt den Wert dieses Hoffnungsstücks verringert, indem sie die Prägung der Münze unkenntlich gemacht hat.

Sicher hätte das bisschen Gold wohl kaum ausgereicht, um eine Flucht ins Ausland zu finanzieren. Oder ein Leben in der

Verbannung zu lindern. Aber es hätte mit Sicherheit gereicht, einen Aufseher oder einen Grenzposten zu bestechen und damit dem Einfluss des Staatsapparats für eine Weile zu entrinnen, diesem geräuschlosen Nichts, das seit dem Tod des hohen Politikers nicht aufhören konnte, Menschen zu verschlingen.

Lundrim zieht sich ins Wohnzimmer zurück. Ellen bleibt bei den Gegenständen, die auf dem Bett ausgebreitet liegen. Sie packt sie ebenso sorgsam wie gedankenlos wieder in den Koffer. Erlind, an den Türrahmen gelehnt, beobachtet seine Mutter.

Ma, sagt er.

Sie blickt ihn an.

Was ist das für eine Münze?

Dein Großvater hat sie uns bei deiner Geburt geschenkt, erwidert sie.

Wem?, fragt Erlind.

Uns beiden, antwortet Ellen.

Ich habe nichts davon gewusst, sagt der Junge.

Nun weißt du es. Es wäre aber besser, du vergisst es gleich wieder.

Erlind vergisst die Münze nicht. Ganz im Gegenteil. Er durchsucht viele Male den Reisekoffer nach ihr. Ohne ihn von dem angestammten Platz oben auf dem Kleiderschrank herunterzuholen, steigt Erlind auf einen Hocker und, das Gleichgewicht suchend, öffnet er den Koffer. Zwischen bestickten Tüchern mit Märchen- und Legendenmotiven, die Großmutter noch vor 1940 angefertigt hat, leeren Verpackungen ausländischer Seifen und Shampooflaschen, die aus irgendwelchen Winkeln der Erde kommend hier gelandet sind, findet Erlind eine mit Stroh verzierte Holzschachtel. Darin befinden sich alte Dokumente, Zeugnisse, Geburtsurkunden, drei, vier Briefe und einige Dutzend vergilbter Blätter eines auf Italienisch verfassten Manuskripts, das er mehrmals zu lesen versucht, ohne ein einziges Wort zu verstehen, obwohl ihm bei den Zeichentrickfilmen in den italienischen Sendern inzwischen kein Wort mehr entgeht. Der Text übt eine starke Anziehungskraft auf ihn aus, als enthielte er Formeln, die in der Lage sind, einen nach Florenz zu bringen, dorthin, wo Lundrims Vater ihn als Abschlussarbeit seines Studiums vor Jahrzehnten verfasst hat.

Schließlich stößt Erlind auf eine weiße Schatulle, die ein rotschwarzes Wappen, den Namen von Ellens Vater und eine römische Jahreszahl trägt. Sie ist mit Samt gefüttert. Er tastet blindlings mit der Hand hinein, wie in ein offenes Herz. Er zieht ein raues Tuch hervor, in das zwei Rubine, ein smaragdähnlicher Stein, Lundrims goldene Manschettenknöpfe und die Goldmünze eingeschlagen sind.

Erlind steckt die Münze in die Hosentasche und legt den restlichen Inhalt des Tuches sorgsam in den Koffer zurück. Er trägt den Hocker ins Badezimmer, dann läuft er hinaus auf die Straße und sucht Touristen.

6

Die Mittagspause, in der die Kinder auf dem Schulhof hinausströmen, scheint Erlind nur ein Vorgeschmack jener scheinbar grenzenlosen Freiheit zu sein, die seine Freunde auf ihren täglichen Busfahrten durch die Stadt erleben und die ihm selbst, der gegenüber der Schule wohnt, verwehrt bleiben. Also verabschiedet er sich jeden Tag nach der Schule nicht sofort von ihnen, um nach Hause zu gehen, wie er es eigentlich sollte, sondern begleitet sie bis zur Busstation. Wann immer die letzte Unterrichtsstunde entfällt, lässt er sich von der Masse der Menschen, die in den Bus einsteigen, mitreißen.

Er ist aufgeregt und kichert, als seine Freunde die Passagiere auffordern, weniger zu drängeln.

Mein Herr, rufen sie, eine tiefe Männerstimme vortäuschend, sehen Sie nicht, dass hier Kinder sind? Die Erwachsenen drehen sich irritiert um, ärgern sich und schimpfen:

Unverschämte Bengel!

Eine androgyne Frau eilt herbei. Es ist die Schaffnerin. Man erkennt das an ihrer blauen Bauchtasche mit zwei Fächern. In einem der Fächer sind die Fahrscheine, die sie verkauft, in dem anderen klimpern die Münzen, die sie für die Fahrscheine bekommt. Mit einem Blick die Situation erfassend fragt sie streng:

Wollt ihr aussteigen und auf den nächsten Bus warten?

Jetzt lacht keiner mehr. Aber kaum hat sich die Schaffnerin umgedreht, flüstert ein Junge:

Wenn die andere Schaffnerin keinen Bart hat, dann gern!

Da bleibt die Frau stehen, dreht sich um und starrt streng in die Kindergesichter. Murmelt etwas vor sich hin, fragt nicht nach, wer gesprochen hat, sondern ruft dem Fahrer zu, er solle ja nicht starten, ehe sie diese Schmutzfinken hinausbefördert habe. Doch der Bus rattert schon.

Durch die dicht gedrängte Menschenmenge flüchten die Jungen ins Wageninnere. Vor einem der Fenstern bleiben sie stehen und blicken auf die Straße hinaus, die unter dem Dröhnen des Motors vibriert. Kleine Gassen und Häuser tauchen auf und verschwinden in Bruchteilen von Sekunden wieder, um von Gassen und Häusern ersetzt zu werden, die völlig anders aussehen. Menschen in bunten Kleidern eilen vorüber. In gleichbleibendem Rhythmus reihen sich Straßenbäume aneinander, die in diesem zerfallenden Gebilde den einzigen Anhaltspunkt bieten.

Zuerst versucht Erlind seine Abenteuer um jeden Preis geheimzuhalten. Wenn er vermutet, dass seine Mutter oder sein Vater früher von der Arbeit nach Hause kommen und ihn suchen könnten, fährt er gar nicht mit. Doch bei jeder Fahrt, die er unternimmt, verringert sich die Angst vor den Eltern, während sein Zugehörigkeitsgefühl den Freunden gegenüber wächst. Und nach einiger Zeit hat er sich an diese Fahrten so gewöhnt, dass er ohne zu zögern zustimmt, als ihn Artur eines Tages dazu herausfordert, weiter als üblich zu fahren.

Wie weit traust du dich zu fahren?, fragt Artur.

So weit du willst, erwidert Erlind.

Artur sieht ihn lächelnd an: Bis zur letzten Station!

Klar, entgegnet Erlind.

Das ist zu weit, warnen ihn die anderen Mitschüler.

Macht nichts, behauptet Erlind.

Bist du sicher?, fragt Arthur.

Ja, antwortet Erlind.

Nach und nach steigen die Passagiere aus. Je näher der Bus zur Endstation kommt, desto mehr leert er sich, bis nur noch Erlind und Artur übrig bleiben, und natürlich der Fahrer und die Schaffnerin. Diese erklimmt jetzt einen erhöhten Sitz hinter einem kleinen Metalltisch im hinteren Teil des Busses und beginnt, Karten und Münzen zu zählen.

Die zwei Jungen nähern sich, ohne ein Wort miteinander zu wechseln, langsam der Fahrerkabine. Der Fahrer sieht sie im Rückspiegel und fragt freundlich, ob sie bei ihm in der Kabine sitzen möchten. Die beiden stimmen begeistert zu und klettern über die Metallstange, welche die Kabine vom Passagierraum trennt.

Setzt euch beide dorthin, sagt der Fahrer, indem er auf den Beifahrersitz deutet.

Unter der dichten Behaarung seiner Unterarme zeichnen sich kräftige Muskeln ab. Mit Zeigefinger und Daumen schiebt er sich Sonnenblumenkerne in den Mund, die er geschickt mit den Vorderzähnen schält und dann verspeist. Er antwortet geduldig auf die Fragen der Kinder. Dabei wendet er sogar manchmal für längere Zeit den Blick von der Straße ab. Trotzdem umfährt er mit lässigen Lenkradbewegungen alle Schlaglöcher, die er offenbar auswendig kennt.

Nachdem die beiden ausgestiegen sind, stehen sie eine Weile schweigend nebeneinander. Dann sagt Artur:

Ich bin hier zu Hause. Du musst dich beeilen, um den letzten Bus zurück zu erwischen. Dort vorn ist die Station, fügt er nach einer kurzen Pause hinzu und deutet in Richtung einer staubigen Bank, die in der Einöde steht.

Als Erlind die Haltestelle erreicht, tritt die Schaffnerin aus einer kleinen Hütte, kommt auf ihn zu und sagt:

Geh heim!

Ich warte auf den Bus.

Wozu?

Erlind erklärt ihr, dass er in Durrës wohnt. Sie runzelt die Stirn. Starrt ihn eine Weile verwundert an. Schüttelt den Kopf.

Sucht nach Worten und sagt schließlich: Was machst du dann hier?

Erlind schaut sie schweigend an. Sie erwidert streng seinen Blick, denkt nach und sagt dann nochmals: Was machst du hier?

Ich bin zu weit gefahren, antwortet er.

Sie starrt ihn immer noch erstaunt an und fragt schließlich: Warum?

Er schweigt.

Warum bist du so weit gefahren?, fragt sie.

Ich, ich weiß es selbst nicht. Ich wollte es gar nicht. Jetzt bin ich aber hier und ...

Es gibt heute keinen Bus mehr, sagt sie schroff. Wie willst du jetzt nach Hause kommen.

Erlind wirft einen schuldbewussten, unterwürfigen Blick auf die Frau.

Wo wohnst du überhaupt?, fragt die Schaffnerin.

In Durrës bei der Musikschule, antwortet Erlind.

Wo ist das?

Beim alten Bahnhof, erwidert Erlind.

Keine Ahnung, wo der alte Bahnhof ist, fährt sie ihn an.

Beim Rathaus, erklärt Erlind.

Beim Rathaus?, ruft sie.

Er nickt.

Das ist ja am anderen Ende der Strecke. Wozu steigst du dann in den Bus ein? Nie im Leben kommst du dorthin zurück.

Ich wollte ja gar nicht so weit fahren, stammelt Erlind.

Halt für einen Moment deinen Mund und lass mich nachdenken, zischt sie grob.

Es ist zwecklos, meint sie dann, heute fährt kein Bus mehr.

Er murmelt: Das weiß ich jetzt auch.

Die Schaffnerin bleibt neben ihm stehen. Erlind fragt sich, was sie noch von ihm will.

Sie wartet also selber, denkt er sich. Also entweder fährt doch noch ein Bus oder ...

Würde er seine Gedanken zu Ende denken und daran, worauf er bei Fremden zu achten hat, müsste er vor der Schaffnerin schleunigst fliehen. Aber wohin? Er schaut in beide Richtungen. Endlos gerade verläuft die Landstraße. Staubig und gesäumt von niedrigen Böschungen, in welchen man sich auf keinen Fall verstecken könnte. Erlind betrachtet den Boden, seine Schuhe und dann wieder die Straße, die nirgendwohin zu führen scheint.

Fährt heute doch noch ein Bus nach Durrës?, fragt Erlind.

Nein, antwortet die Schaffnerin ruhig.

Worauf warten Sie dann?

Die Schaffnerin schaut ihn lange an und meint dann:

Mach dir keine Sorgen, irgendwie wirst du schon nach Hause kommen. Aber tu so etwas nie wieder. Für Kinder deines Alters ist es verboten, allein mit dem Bus spazieren zu fahren. Haben dir das deine Eltern nicht gesagt?

Haben sie, antwortet Erlind.

Na also, brummt sie.

Da rollt grummelnd ein »Ziz«-Laster heran. Die Schaffnerin tritt ein paar Schritte vor, richtet sich auf und streckt einen Arm in die Höhe. Das Fahrzeug bleibt quietschend knapp vor ihr stehen. Die Kabinentür geht knarrend auf. Sie ruft dem Lenker zu, ob er Erlind nach Durrës mitnehmen könne.

Ja, antwortet der Lastwagenfahrer, er kann ein Stück mitfahren. Der Mann sieht wie ein Zwillingsbruder des Buslenkers aus. Er hat ebenfalls schwarzes Haar, große Koteletten, aufgekrempelte Hemdsärmel und fast die gleichen Gesichtszüge wie jener. So ähnlich sind sich die beiden Männer, dass Erlind einen Moment glaubt, der Buslenker wäre schnell in den Lkw umgestiegen. Die Stimmen der beiden allerdings unterscheiden sich sehr. Während der Buslenker eine tiefe, ruhige Stimme hatte, spricht der hier schnell und fast piepsend. Außerdem lächelt er ohne erkennbaren Grund vor sich hin, während er mit dem verschreckten Jungen spricht, der immer noch der Schaffnerin nachblickt, die sich schon umgedreht hat und auf der Landstraße in die entgegengesetzte Richtung davongeht.

Wohin denn?, fragt der Lenker.

Nach Durrës, antwortet Erlind.

Und wohin nach Durrës?

Zum alten Bahnhof.

Wo soll das sein?

Beim Rathaus, sagt Erlind. Wenn du mich bis dorthin fährst, kann ich dann zu Fuß nach Hause gehen.

Er lacht auf: Das kann ich aber nicht.

Kannst du mich bis zum Krankenhaus in Durrës fahren, fragt der Junge.

Das kann ich auch nicht, entgegnet der Fahrer.

Aber ich kenne den Weg nach Hause erst ab dem Krankenhaus.

Das macht ja nichts, sagt der Fahrer. Der Weg ist nicht schwer zu finden. Zum Krankenhaus brauchst du von dort, wo ich dich absetze, einfach nur geradeaus gehen. Kannst du nicht verfehlen.

Wirklich?, fragt Erlind.

Der Mann nickt.

Während der ganzen Fahrt zurück fällt kein weiteres Wort mehr. Der Mann mustert den Jungen aufmerksam. Schließlich streckt er seinen Arm über Erlinds Rücken, um den Türgriff zu bedienen, und sagt zum Abschied, indem er die Tür aufstößt:

Jetzt musst du ein Stück wandern. Aber geh immer nur geradeaus und nimm keine Abkürzungen mehr.

Der Lastwagen rumpelt davon, eine Staubwolke hinter sich herziehend. Erlind vermag unmöglich einzuschätzen, ob die

Fahrt ihn näher an sein Ziel gebracht hat oder nicht. Er weiß nicht einmal mehr, ob er überhaupt noch auf dem richtigen Weg ist. Genauso wie zuvor erstreckt sich in beide Richtungen eine endlose Straße, auf der er keinen einzigen Anhaltspunkt ausmachen kann.

Links liegt ein Garten, umzäunt von hohen Gittern. Später entdeckt er im Dickicht unnatürlich regelmäßige Steine, in die Jahreszahlen und Namen eingemeißelt sind. Darüber sind ovale Fotos fixiert. Hauptsächlich Brustbilder von wohlbeleibten Männern mit weißem Haar oder Glatze, stattlichen Hüten oder einfachen Mützen, mit Krawatten, dunklen Anzügen und weißen Hemden. Oder Frauen in schwarzen Kleidern, was ihre Haut und ihr Haar noch heller erscheinen lässt. Erlind geht den Zaun entlang, dabei Namen und Zahlen ablesend. Unbewusst hat er damit begonnen, von der zweiten Zahl die erste abzuziehen, und er sucht auf den Fotos nach bekannten Gesichtern. Als würde er dadurch die Gewissheit erlangen, dass dieser Garten das ist, wofür er ihn hält. Das Lesen, Zählen und Subtrahieren ist anstrengend. Aus irgendeinem Grund kann er damit aber nicht mehr aufhören. Seine Schritte werden langsamer. Er hat es aufgegeben, auf den Fotos bekannte Gesichter auszumachen, ihm scheint, als wären die Buchstaben und die Zahlen wichtiger. Obwohl er doch weiß, dass es nicht so sein kann. Obwohl er ganz sicher ist, dass die Gesichter der Menschen wichtiger sind als ihre Namen und ihre Geburts- und Sterbedaten, beschränkt er sich schließlich nur noch auf Namen und Zahlen, während sich in ihm das Gefühl breitmacht, er würde die zwischen den Steinen stillstehende Zeit einatmen. Sie durchfließt seine Adern. Zieht ihn zu den hinteren Reihen hin, die in undurchdringlichen Schatten ruhen.

Die Gesichter, denkt er, verändern sich ja. Zahlen und Namen bleiben immer gleich.

Am Ende wird Erlind bewusst, dass er schon viel zu lange vor dem Garten mit den hohen Gittern verweilt hat. Er beschleunigt seine Schritte. Die Namen und Zahlen beginnen sich in seiner Erinnerung zu vermengen. Die Steine wirken wie Teile eines riesigen Puzzles, das man nach Belieben zusammensetzen kann.

Erlind wechselt auf die andere Straßenseite. Von dort betrachtet er den Hügel. Dieser ist von einem Wald bewachsen, welcher unten sehr dicht ist, sich nach oben hin aber so weit lichtet, dass die Gräber auf der Hügelkuppe im Sonnenlicht liegen.

7

Kaum hat sein Sohn die Tür geschlossen, torkelt der Oberst zur Kommode in seinem Schlafzimmer und öffnet sie mit zitternden Händen. Er kramt in einer Lade, zieht seine Kriegsorden heraus und schleudert sie auf den Boden.

Unerträglich, kreischt er. So sei das alles doch nicht gemeint gewesen! Er schäme sich, da mitzumachen. Und holt jetzt aus der Lade eine Pistole hervor und fuchtelt damit in der Luft herum. Sein Sohn versucht ihm die Waffe zu entreißen. Der alte Mann aber weicht ihm aus und entwischt in die Küche. Er schreit, dass er sein Leben riskiert habe, dass er doch alles gegeben habe, was man von ihm verlangt hatte, und nun versuchten sie ihn auf schamlose Weise auszuhorchen.

Was für eine Schmach! Was für eine Verlogenheit! Wissen sie denn nicht, dass ich immer ein ehrlicher Mann war! Wenn ich mein Wort gegeben habe, dann habe ich es auch gehalten.

Großmutter versucht ihn zu beschwichtigen. Der Onkel hat ihn an den Schultern gefasst.

Lasst mich!, brüllt der Oberst.

Tatsächlich lässt der Onkel los, warnt aber eindringlich: Mach keinen Unsinn. Du hast heute zu viel erwischt, morgen wirst du darüber lachen.

Worüber soll ich lachen?, schreit der Oberst.

Soll ich darüber lachen, dass sie einen dreckigen Gauner auf mich angesetzt haben, der mich abfüllen sollte? Darüber kann ich nicht lachen.

Vater, gib mir die Waffe.

Nein, ruft der Oberst und wackelt wie ein Turm bei einem Erdbeben. Sie haben mich belogen! Betrogen haben sie mich! Und nicht bloß einmal, auch nicht zwei- oder dreimal, nein, sie haben mich vierzig Jahre lang angelogen, betrogen, haben mir etwas vorgemacht, das gar nicht existiert ...

Sei doch still, flüstert seine Frau.

Und nicht nur mich haben sie betrogen, diese Betrüger, sondern auch dich, mein Sohn, ruft er dem Onkel zu, und dich auch, zur Großmutter gewandt, sie haben alle meine Freunde und alle möglichen Menschen betrogen ...

Sei doch still, flüstert seine Frau, sonst ...

Ist doch gleich. Ich habe keine Angst mehr. Wozu denn auch? Wozu denn auch? Sag's mir, wozu?

Weil du dich damit ruinieren wirst, erwidert sie.

Ich bringe mich ja ohnehin um, lacht er.

Und was ist mit uns?, fragt sie. Denkst du denn nicht an uns?

Der Sohn packt mit beiden Händen das Gesicht seines Vaters und fixiert dessen Augen:

Solange ich hier bin, wirst du keine Waffe auf dich richten. Das kannst du mir nicht antun.

Der Oberst sackt zusammen. Er starrt seinen Sohn beinahe böse an.

Ich weiß, was ich tue, versucht er sich zu rechtfertigen. Ich bin hier der Vater, nicht du. Und du wirst mir nicht sagen, was ich zu tun habe.

Gib mir die Waffe, fordert der Sohn.

Mit Tränen in den Augen reicht der Oberst seinem Sohn die Pistole.

Er legt den Kopf auf die Schulter seines Sohnes und lässt sich widerstandslos ins Schlafzimmer führen. Im Bett legt er die Hände unter seine rechte Wange und rollt sich, als ob ihm kalt wäre, zusammen. Sein Sohn kann den Anblick nicht ertragen. Der Alte im Bett ist nicht sein Vater. Hat mit dem Oberst nichts mehr zu tun.

Eigentlich war das der Tag, an dem das Sterben des Obersts begann. Die Prostatainfektion, die er sich einige Jahre später einfing, vollendete, was er an jenem Tag beschlossen hatte.

Am Todestag kam Erlind nach der Schule in die großelterliche Wohnung. Der Onkel wandelte wie in Trance von einem Raum in den anderen. Ein Krankenpfleger und ein Arzt waren im Haus. Erlind erkannte sie an ihren weißen Mänteln. Alles schwieg. Man hörte zwar Geräusche, aber alle Gegenstände und alle Körper waren hohl und stumm. Der Klang seiner Schritte erreichte Erlind mit Verzögerung, gefiltert von einem scharfen Geruch aus dem Schlafzimmer. Die Erwachsenen drehten sich langsam zu ihm hin und folgten ihm mit gläsernen Blicken. Sie hätten ihn berührt, hätte er es zugelassen. Aber er hielt sich von ihnen fern. Für einen Moment war es ihm, als würde dieser eigenartige Geruch durch die verschlossene Badezimmertür oder aus den Flurwänden als ein sichtbares und berührbares Wesen hervorspringen. Es war stickig und die abgestandene Luft vermengte sich mit dem schwachen Licht im Korridor. Als Erlind ins Krankenzimmer eintrat, roch er, dass tatsächlich etwas verbrannt war.

Großvater lag im Bett zusammengekauert, schien sich jedoch immer noch einzubilden, er werde bald wieder seine alte Größe erlangen. Auch alle Anwesenden waren redlich bemüht, das zu glauben. Denn schließlich war er ja vor ein paar Tagen genauso im Bett gelegen. Und damals dachten alle, es wäre bereits um ihn geschehen. Doch am nächsten Morgen war er aufgewacht und hatte behauptet, wieder gesund zu sein. Die Ärzte untersuchten ihn und befanden ihn tatsächlich für so weit genesen, dass er einen Vormittag gemeinsam mit dem Onkel und Erlind im Garten verbringen konnte. Der Onkel hatte »Marlboro« besorgt und Großvater rauchte ein paar Zigaretten. Er machte sich darüber Gedanken, wie viele Kilo Weintrauben er zusätzlich zur eigenen Ernte benötigen würde, um auch in diesem Jahr wieder selbst Schnaps zu brennen. Es sei gar nicht einmal so viel notwendig, sinnierte er und ließ einen langsamen Blick über die schweren Reben wandern, die das Sonnenlicht honigfarben reflektierten.

Nun waren seine Hände wie mit Milchhaut überzogen. Erschöpft lagen sie auf dem zerknitterten Laken. Innerlich kämpfte er noch gegen den Tod. Daher mochte auch der stechende Geruch kommen. Oder von den Salben, die man wahrscheinlich aufgetragen hatte, um ihn zu beruhigen und die Schmerzen zu lindern, die aber ihre Wirkung verfehlten, wenn sie unter die Haut drangen.

Der Oberst lag mit bloßem Rücken auf einen großen Polster gestützt und starb. Erlind verharrte hinter seinem Onkel, der vor dem Bett neben dem Arzt stand. Am Tisch sitzend lispelte Großmutter vor sich hin. Betäubt vom säuerlichen Geruch der Salben bemerkte der Junge, dass Großvater ihm zuwinkte. Niemand sonst nahm diese Handbewegung wahr. Erlind konnte jedoch nicht erkennen, ob der Oberst wollte, dass er sich ihm näherte, oder ob er ihn warnen wollte. Tatsächlich wollte er Erlind fortschicken, wie er das immer zu tun pflegte, wenn es Streit gab oder wenn er betrunken war. Aus diesem Wink las Erlind aber auch so etwas wie ein Flehen heraus. Etwas, das nicht in Worte zu fassen war, aber für den Alten sehr wichtig zu sein schien.

Kaum hatte Erlind diese Bewegung registriert, zerriss ein dröhnender Schrei den Raum. Großvater hatte sich mit letzter Kraft aufgerichtet, um aus seiner Brust entsetzliche Laute herauszupressen. Der Onkel packte Erlind an den Schultern und schob ihn aus dem Zimmer. Als der Junge im Flur stand, vernahm er hinter der verschlossenen Tür deutlich die Stimme des Großvaters: Du kriegst mich nicht! Du kriegst mich nicht!

Dann hörte er ein Rollen, dumpfe Schritte über den Parkettboden, eingebettet in rauschendes Murmeln.

EPILOG

Mutter ruft aus dem Schlafzimmerfenster meinen Namen. Mit ihrem Ruf erfüllt sie die Dunkelheit zwischen dem l-förmigen Gebäude und der Schule. Je öfter sie meinen Namen wiederholt, desto lauter wird ihr Ruf. Bis endlich auch ich merke, dass es ihre Stimme ist, die meinen Namen ruft, damit ich nach Hause komme.

Ich bin ja da, rufe ich zurück und mache mich auf den Heimweg, ohne das Fenster aus den Augen zu lassen. Hinter ihren Schultern sehe ich die Wände des Schlafzimmers und des Vorraums bis zur Garderobe. Vom Rest des Gebäudes ist nichts zu sehen, außer dem einen Fenster, von dem aus meine Mutter nach mir ruft.

Ich bin ja da, antworte ich.

Komm schnell nach Hause, ruft sie und schaut mir zu, wie ich mich dem Haus nähere.

Als ich unter dem Fenster angekommen bin, fragt sie mich leise: Wo warst du?

Hier, antworte ich. Ich war die ganze Zeit hier unten.

Lüg nicht, erwidert sie. Ich habe schon vor einer Stunde nach dir gerufen.

Ich tauche ein in das schwarze Nichts des Stiegenhauses. Mich vortastend erreiche ich die Stufen. Es sind elf oder dreizehn Stufen, je nachdem, wie man sie zählt. Ich weiß aber genau, wann die Stiege zu Ende ist, und muss die Stufen nicht zählen. Manchmal geschieht es trotzdem, dass ich stolpere. Dann greife ich in meiner Erinnerung blindlings nach dem Geländer, um mich festzuhalten.

NACHWORT
von Andrea Grill

Wer sind Sie? Was will man wissen, wenn man das fragt? Und warum ist einem die Frage, sei es ein Augenzwinkern lang, unangenehm, sogar wenn man stolz auf sich ist, einen Namen hat, eine Adresse, einen Beruf, ein Autokennzeichen? Das Zögern bei der Antwort kommt vielleicht daher, dass man kurz in der Frage steht wie im Lichtkegel eines Scheinwerfers, als genügte die pure Anwesenheit nicht.

Die pure Anwesenheit würde genügen. Doch angenehmer ist es, vorgestellt zu werden.

Ich stelle hier Ilir Ferra vor, einen österreichischen Schriftsteller, der in Albanien geboren wurde, in der Küstenstadt Durrës. Ein Geburtsort ähnelt einem Muttermal, unter jedem neuen Hemd lugt es irgendwann einmal hervor. Auch zwischen den Seiten des vorliegenden Romans lugt Durrës immer wieder hervor. »... Durrës, wo über die Unerreichbarkeit der Welt bloß der Fernseher hinwegtrösten kann, und das auch nur im Sommer.«

Gleich im ersten Kapitel blicken wir über die Schulter des Protagonisten aufs Meer hinaus und entdecken an der Hafeneinfahrt eine überdimensionale Statue aus Bronze, die es im realen Durrës nicht mehr gibt: das Bildnis Enver Hoxhas, des langjährigen politischen Führers Albaniens. Hoxha, der unter anderem in Paris und Brüssel studierte und bei seiner Rückkehr in die Heimat zuerst als Französischlehrer und Tabakhändler arbeitete, errichtete nach 1945 eine fast fünfundvierzig Jahre dauernde Diktatur nach stalinistischem Muster, die ihr Vorbild an allgegenwärtiger Kontrolle durch die geheime Staatspolizei Sigurimi und an Grausamkeit im Vorgehen gegen Oppositionelle und in Ungnade gefallene Parteimitglieder womöglich noch übertraf. Hoxhas Bronzestatue überblickt den Platz und das Meer und, obwohl der auf ein Hotel zusteuernde Protagonist sie kaum eines Blickes würdigt, spürt er ihre Gegenwart. Wie dieser Gang über den Platz findet der vorliegende Roman vor dem Hintergrund eines ständig wachsamen Staatsauges statt.

Immer, wenn er etwas Wichtiges erledigt habe, werde er von der Polizei angehalten und nach seinen Papieren gefragt, erzählt Ilir Ferra, meint damit die Wiener Polizei, und hält diese Kontrollen inzwischen bereits für gute Vorzeichen, zumindest seit er lachend einen österreichischen Pass aus der Tasche holen kann. Die Polizei kontrolliere immer diejenigen, die gerade aus dem Deutschkurs kämen, fährt er fort, diejenigen in den sauber gebügelten Klamotten aus der Kleidersammlung der Caritas, mit einer Mappe voll Lehrbüchern unterm Arm.

Ilir hat sein Deutsch im Gymnasium in der Diefenbachgasse im 15. Wiener Gemeindebezirk gelernt. Nach Wien, wo er seither lebt, kam er mit sechzehn, Anfang der Neunzigerjahre, als seine Eltern, wie viele Albaner damals, die Öffnung des Landes nach außen nutzten, um endlich die aus dem italienischen Fernsehen bekannten »Wunder« des kapitalistischen Europas aus der Nähe zu betrachten. Kühlschränke waren noch Ende der Achtzigerjahre ein Luxusgut in Albanien, Autos gab es auf dem gesamten Staatsgebiet nur wenige hundert Stück.

Deutsch sei eine gastfreundliche Sprache, sag(t)en manche Schriftsteller, die sich, wie Ilir Ferra, dafür entschieden haben, nicht in ihrer Muttersprache zu schreiben. Er wolle in der Sprache schreiben, mit der er im Alltag zu tun habe, sagt er, für die Leute, mit denen er lebt.

Für einen Schriftsteller mit albanischen Wurzeln ist das Schreiben in mehreren Sprachen vielleicht weniger ungewöhnlich als für den durch die weit verbreitete Muttersprache verwöhnten deutschsprachigen. In Albanien hat Vielsprachigkeit Tradition, noch Anfang des 20. Jahrhunderts verfassten viele bedeutende Schriftsteller ihre Werke nicht auf Albanisch, darunter Naim Frashëri, der als »Vater« der modernen albanischen Literatur und als wichtigster Literat des 19. Jahrhundert gilt, mittlerweile ein Klassiker. Frashëri veröffentlichte den Großteil seiner Schriften auf Türkisch, Griechisch oder Persisch. Aus praktischen Gründen: Bis Ende des 19. Jahrhundert gab es keine einheitliche albanische Schriftsprache, und unter der fast fünfhundert Jahre dauernden osmanischen Herrschaft war das Albanische als Literatursprache weit gehend verboten. Die albanischsprachigen Bücher Frashëris mussten in Bukarest gedruckt werden. Erst 1908 wurden im mazedonischen Monastir von einer Versammlung von Schriftstellern und Intellektuellen die Grundlagen der albanischen Sprache beschlossen, unter anderem, dass mit lateinischen Buchstaben geschrieben wird – bis dahin war parallel dazu die griechische und vereinzelt sogar die arabische Schrift verwendet worden –, und erst 1912 wurde das Albanische offizielle Amts- und Schriftsprache.

Auch heute ist Ilir Ferra nicht der einzige albanischstämmige Schriftsteller, der sich eine andere Sprache angeeignet hat. Viele, die, wie er, Kinder von Emigranten sind, wählen die Sprache des Landes, in dem sie in die Schule gegangen sind, als Literatursprache – einerseits, um damit ein größeres Publikum zu erreichen, andererseits, weil sie nie auf Albanisch geschrieben haben.

Zurück zu *Rauchschatten*. Der Roman spielt zwar in Albanien, abgesehen von ein paar albanischen Halbsätzen und den Namen der Protagonisten, könnte er jedoch auch anderswo situiert sein;

in einem fiktiven Überwachungsstaat zum Beispiel, der Albanien genannt wird. Das Interessante dabei ist, dass die Überwachung zwar, Schimmelmyzelen gleich, überall eindringt und alles infiziert, für die Charaktere aber immer wieder hinter »kleine«, unpolitisch (erscheinende) Alltagssorgen zurücktritt: eine außereheliche Liebesaffäre, die Krankheit des Sohnes oder der Fang eines enormen Aals. Rebellionspotenzial ist kaum vorhanden, und das nicht nur, weil Rebellion das Leben kosten kann. Alle Handlungen wirken gebremst, wie in einem zähen Sirup ausgeführt; Ferra gelingt es, die Apathie darzustellen, die seine Figuren selbst angesichts der schrecklichsten Ereignisse befällt.

Wer aber sind sie nun? Einerseits ist da der Großvater, ein pensionierter Oberst. »Er erledigt alles, was er erledigen kann, und kann er etwas nicht erledigen, betrinkt er sich, regt sich auf, wird laut, wirft ein Glas oder ein Teller an die Wand.« Andererseits der Enkel. »Innerlich verkriecht er sich in sein Kindsein hinein, und je mehr er das tut, umso erwachsener fühlt er sich.« Und zwischen ihnen der Vater, der in einer Fernsehfabrik arbeitet. »[...] es gab für ihn Augenblicke, die ihn überraschten, wenn er tagelang die Vorlagen ausländischer Bücher nachbaute, ohne dass seine Systeme funktionierten, dann aber etwas völlig Einfaches austestete und plötzlich zu einer perfekten Lösung gelangte, von der er dann einige Stunden lang das Gefühl hatte, sie sei von ihm selbst entwickelt worden. Das ist etwas Magisches, dachte er. Das ist genau der Moment, für den es sich zu leben lohnt.«

Die Dreieckskonstellation (oder auch Dreieinheit) Großvater–Sohn–Enkel lässt vermuten, dass es sich um Typen handelt, um drei Figuren, die für drei Generationen stehen, für verschiedene Weltanschauungen; und das sind sie vielleicht auch, aber nicht nur. Vor allem sind sie Persönlichkeiten, trotz beziehungsweise gerade in dem ihnen allen dreien eigenen Phlegmatismus, der so auch dem Leser begreiflich wird: Das allgegenwärtige

Beobachtetsein, die ständige Präsenz von Staates Ohr und Auge bis hinein in die intimste Liebesnacht führen zu einem Burnout der Sinne.

»Nachdem man sich auch in Durrës an diesen Zustand gewöhnt hatte, begannen die Menschen, die Lage zu kommentieren. Sie sagten etwa: Unter zwei Leuten findest du drei Spione«, heißt es in Ferras Roman. In diesen zwei Sätzen beweist sich beispielhaft die eigensinnige Logik des Erzählers – über weite Strecken wird die Geschichte dem mittlerweile erwachsenen Enkel in den Mund gelegt, teilweise erzählt das Kind, das einmal war –, die dem Text einen besonderen Charme verleiht.

Was macht eine Geschichte interessant? Figuren, mit denen man sich identifizieren kann? Etwas, das an das eigene Leben erinnert, um Lösungsvorschläge für die eigenen Schwierigkeiten zu bekommen, oder etwas, das man normalerweise nicht erlebt, ein Ausblick in aufregende Alternativen? Wenn das die Kriterien sind, werden sie hier vielfach eingelöst.

Ilir Ferra ist ein sparsamer Schriftsteller, der sich auf keine Plaudereien einlässt; umso erstaunlicher, wie viel er in seinem Erstlingswerk untergebracht hat: Der Leser hat sogar Gelegenheit, den Zweiten Weltkrieg aus albanischer Perspektive zu betrachten.

Er halte es für einen Verlust, dass persönliche Erzählungen historischer Gegebenheiten so rasch verschwinden, sagte Ferra in einem Interview, und empfinde es als Versäumnis, nicht geschafft zu haben, die »alltägliche Geschichte« Albaniens von den eigenen Großeltern zu erfragen.

Die Szenen, in denen das Alltägliche eine besondere Bedeutung gewinnt, gehören tatsächlich zu den wunderbarsten Stellen des Buches. In ihrer atmosphärischen Dichtheit und Bildhaftigkeit erinnern sie mich ein wenig an Ettore Scolas Film *Una giornata particolare* (1977), in dem aus der Mutter einer vielköpfigen Familie und einem homosexuellen Radiojournalisten einen Tag lang ein ungewöhnliches Paar wird, während die Bevölkerung Roms auf den Straßen den Einzug Hitlers feiert.

Einige Bilder aus Ferras Roman bleiben nachdrücklich im Gedächtnis. Beispielsweise das der Mutter, die im der Schule gegenüberliegenden Wohnhaus Wäsche aufhängt und damit den Sohn aus einer aussichtslosen Prüfungssituation rettet, weil er sie plötzlich durchs Fenster des Klassenzimmers erspäht. Oder das des Vaters, der nach einer Vorladung beim Polizeidirektor nach Hause kommt und alle Familienfotos zerknüllt, auf denen Leute abgebildet sind, die er nicht kennt. Oder das des kleinen Buben, der sich in der Sommerfrische für ein Mädchen begeistert und seine Liebe zu ihm nicht anders zum Ausdruck zu bringen weiß, als einen abgezehrten Esel blutig zu schlagen.

Rauchschatten lautet der Titel dieses Buches, gibt es Flüchtigeres und Unaufdringlicheres als den Schatten von Rauch? Hat Rauch überhaupt einen Schatten? Gemeint sein könnte das scheinbar Unbedeutende, aus dem Augenwinkel Erspähte, die Kleinigkeiten, die einem die kniffligsten Situationen erleichtern, wie für den Erzähler die frisch gewaschene Wäsche der Mutter oder der Gedanke an Uomotigre, den Tigermenschen, eine Zeichentrickfigur aus dem italienischen Fernsehen, der für das Gute ficht und immer gewinnt, weil er etwas Besonderes entdeckt.

Juli 2010